Dietmar Sous

ROXY

Roman

: TRANSIT

Postfach 121111 | 10605 Berlin
www.transit-verlag.de

Umschlagabbildung © plainpicture | Doreen Enders
Umschlaggestaltung und Layout: Gudrun Fröba
Druck und Bindung: Pustet, Regensburg
ISBN 978-3-88747-315-0

Inhalt

Erster Teil

1

Nachdem Kroll und ich Rasenmäher, Fächerbesen und zwei leere Kanister aus Stahlblech, in denen Pflanzengift gewesen war, auf der Ladefläche des Hanomag verstaut hatten, fuhren wir zur Firma zurück. Ich zog die Arbeitshandschuhe aus, in meinem rechten Daumen steckte ein Dorn von einer Brombeerranke, den ich nicht rauskriegte.

Gartenbau und Landschaftsgestaltung hört sich nicht schlecht an, klingt vielleicht sogar ein bisschen künstlerisch. Versailles, der Englische Garten und so. Aber Kroll und ich kannten nur Unkrautbekämpfung, Rasen mähen und Heckenkosmetik.

Fahrtwind föhnte meine verschwitzten Haare, kühlte den Sonnenbrand auf den Armen und im Gesicht. Meine Cola hatte Badewassertemperatur. Ich schaltete das Radio ein. Wetter-Gequatsche. Der Mai 1973 war angeblich der heißeste im Rheinland seit 1959. Ich freute mich auf die Dusche und das *Hörspiel am Freitagabend* im Westdeutschen Rundfunk. *Das Totenschiff* von B. Traven.

Draußen Frauen, die kaum mehr als Sonnenbrille und Handtasche trugen. Kroll hupte, winkte, pfiff hinterher. Der neue Hit von Elton John wurde wegen der Siebzehn-Uhr-Nachrichten ausgeblendet. Bundeskanzler Willy Brandt hatte in Bonn versprochen, die Krise nicht auf die leichte Schulter zu nehmen.

Brandt gegenüber hatte ich ein schlechtes Gewissen. Bei der Bundestagswahl im vergangenen Jahr war ich zum ersten Mal wahlberechtigt gewesen. Ich wollte meine Stimme Brandt und seiner Partei geben. Allerdings hatte ich zu der Zeit was mit den Augen. Juckreiz, verschwommene Sicht. Als ich aus der Wahlkabine rauskam, war ich nicht sicher, ob ich alles richtig gemacht oder nicht doch aus Versehen die CDU angekreuzt hatte. Oder die Nazis. Bohrende Zweifel seitdem.

Auf Sizilien war ein Vulkan aus dem Koma erwacht, meldete der WDR jetzt. Riesenärger in Nahost, und auch in Südamerika gab es Grenzstreitigkeiten. Das brachte mich auf Paraguay und seinen Krieg gegen die Allianz aus Brasilien, Argentinien und Uruguay. Von 1864 bis 1870 hatte sich das kleine Land nicht von den großen Nachbarn unterkriegen lassen, dabei die Hälfte seiner Bevölkerung verloren.

»Das Leben ist eben kein Zuckerschlecken«, sagte Kroll und schaltete auf einen Schlagersender um. *Ich bin verliebt in die Liebe.* Kroll summte und pfiff. Er parkte ein, zeigte auf eine Hauswand, an der ein Zigarettenautomat hing und reichte mir ein Zweimarkstück.

»Güldenring.«

»Du rauchst doch gar nicht.«

»Für meine Frau. Los, mach schon!«

»Hol dir die scheiß Glimmstängel doch selbst!«

Kroll schlug mit beiden Händen aufs Lenkrad und drohte, dem Chef zu sagen, dass ich faul und zu nichts zu gebrauchen sei. Dass sich ein Hundertjähriger auf Krücken dreimal schneller bewegte als ich.

Es wurde mal wieder brenzlig. Seit ich aus der Schule raus war, hatten sie mich schon dreimal gefeuert. Schrottplatz, Müllabfuhr, zuletzt bei Rheimabau. Das ist die Abkürzung für Rheinische Maschinenbau AG. Eugen Kessler, der Fabrikbesitzer, hatte bei meinem Rausschmiss höchstpersönlich Hand angelegt.

Jeden Freitagnachmittag gegen halb zwei spazierte er mit seinem fünfjährigen Sohn an der Hand durch die Werkshallen, umschwirrt von nervösen Ingenieuren in weißen Kitteln und panischen Meistern in Grau. Kessler sah den Arbeitern über die Schulter, er inspizierte, lobte und rügte. Der Schwarm nickte, lachte oder blickte ernst, wenn der Chef nickte, lachte oder ernst blickte, und zum Schluss gaben Kessler und sein Erbe einem der zweihundert Arbeiter die Hand. Der Senior unterhielt sich ein bisschen mit dem Glücklichen, der nicht selten vor Stolz errötete.

Ich fand das Theater um die wöchentliche Chefvisite zum Kotzen. An meinem letzten Tag in der Fabrik hatte ich wie immer freitags seit sechs Uhr früh gekehrt, geputzt und die Maschinen blank gerieben. Als Vater und Sohn samt Hofstaat einmarschierten, war meine Arbeit getan. Ich wollte nicht kehren, wo es nichts zu kehren gab, nicht aufgedreht wie die anderen wirbeln, nicht vor Eugen Kessler kriechen.

Lächelnd blieb er einen Meter vor mir stehen. So nah war er mir noch nie gekommen. Er war kleiner, als ich gedacht hatte. Dichte graue Haare, weißes Hemd mit kurzen Ärmeln. Sein Sohn: blass, schüchtern.

»Schau mal, Robert! Weißt du, was das hier ist?«

Der Junge schüttelte den Kopf und sah auf seine Schuhe.

Ingenieure und Meister gaben mir hektisch Zeichen, meinen Arsch zu bewegen. Ich wollte mir aber keinen Besen schnappen oder ein Werkstück, es von hier nach da schleppen, dann von da nach dort und zurück von dort nach da und hier.

»Das hier, Robert, nennt man ein Arbeiterdenkmal«, sagte Kessler und zeigte auf mich. »Ein Arbeiterdenkmal will Geld ohne Gegenleistung. Diebstahl nenne ich das. Du doch auch, Robert?«

Der Junge schwieg.

Übereifrige, wahrscheinlich sinnlose Hammerschläge auf Metall. Bohr-, Schleif- und Fräsgeräusche. Da war eine verdammte Hitze in der Halle, und es roch nach Metallspänen und ranziger Kühlflüssigkeit.

»Lauter, Robert, was hast du gesagt? Diebstahl, nicht wahr?«

Der Junge nickte mit gesenktem Kopf. Kessler nahm sich eine Zigarette aus einem silbernen Etui. Beflissen gab ihm einer der Ingenieure Feuer. Dann wischte der Boss mich mit einer knappen Handbewegung weg.

Ich rauchte nicht, weil man davon Mundgeruch und gelbe Zähne kriegt. Ernte 23 kannte ich trotzdem. Leuchtendes Orange und die Zahlen 2 und 3. Die Marke kam 1924 auf den deutschen Markt. Und weil Tabak aus dem Jahr 1923 verwendet worden war, Orienttabak aus Nordgriechenland, hat die Firma Reemtsma ihre neue Sorte Ernte 23 genannt.

Peter Stuyvesant war auch leicht zu erkennen. Weiße Packung mit einem dicken roten Streifen. *Der Duft der großen weiten Welt.* Bevor meine Mutter angefangen hatte, jeden Pfennig für einen Mercedes-Sportwagen zu sparen, hatte sie Stuyvesant geraucht. Weil in unserem Viertel immer wieder Automaten aufgebrochen und sogar aus der Hauswand gerissen worden waren, gab es, wenn die Geschäfte geschlossen hatten, Zigaretten nur noch bei den Merzenichs. Die hatten einen Automaten in ihrem Schlafzimmer hängen.

Wie alle anderen Kunden musste ich dreimal kurz und einmal lang schellen. Nach einiger Zeit wurde die mit einer dicken Kette gesicherte Haustür einen Spalt weit geöffnet, durch den man das Geld reichte und die gewünschte Marke rief. Dann ging man ums Haus herum und erhielt durch das Schlafzimmerfenster, aus dem manchmal Plumeaus und Kopfkissen zum Lüften heraushingen, sein Päckchen Zigaretten.

Das war lange her, aber jetzt wünschte ich, es gäbe den Service der misstrauischen Merzenichs noch, denn zu Güldenring fiel mir nichts ein. Ich kannte keinen, bei dem ich die Marke schon mal gesehen hatte. Ich konnte mich an keine Fernsehreklame für Güldenring erinnern, an keine Packung in Großaufnahme. Gül-denring, zehn Buchstaben. Kroll hupte, wedelte ungeduldig mit den Händen, rief irgendwas Blödes. Glücksspiel: Ich warf das Zweimarkstück ein, biss mir auf die Unterlippe und zog.

»Milde Sorte?«

»Die sollen sehr gut sein. Und haben auch zehn Buchstaben, genau wie Güldenring.«

»Hast du wieder deine Augenentzündung, Blinder?«

Ich beschäftigte mich mit dem Dorn in meinem Daumen. Kroll hatte kein Kleingeld mehr für einen weiteren Versuch, und ich behauptete, auch keins zu haben. Mein Kollege warf seinen schwarzen Hut aus falschem Leder auf den Boden der Fahrerkabine und starrte mich wütend an. Das Radio sang *Schön ist es, auf der Welt zu sein.* Kroll war anscheinend nicht dieser Meinung, jedenfalls summte er nicht mit.

Endlich fuhr er weiter, hörte aber nicht auf zu fluchen und mir böse Blicke zuzuwerfen. Das ging so lange, bis ihm ein VW die Vorfahrt nahm. Ich konnte aufatmen: Kroll hatte einen neuen Feind.

»Käskopp! Scheiß Holländer!«

»Vielleicht ist der gar kein Holländer«, sagte ich. »Nicht alle Niederländer sind Holländer. Nur die im Norden, also im Großraum Amsterdam und in der Provinz Zeeland…«

»Du machst, dass ich Migräne kriege!«

Kroll bremste abrupt, sprang aus dem Wagen. Auf dem Gehweg lag ein großer Haufen Sperrmüll. Ich sah, wie Kroll mit einer Sanftheit, die ich ihm nicht zugetraut hätte, über eine Holztruhe mit Schnitzereien strich, sie geradezu streichelte, wie er dann langsam den Deckel anhob und andächtig das Innere besichtigte.

Nachdem wir das rustikale Eichending, das schwer wie ein Sarg plus Inhalt war, aufgeladen hatten, unter Krolls ständigen Appellen, vorsichtig zu sein, bloß kein Krätzerchen, arbeitete er sich weiter durch den Müllberg. Da fing ich auch an zu stöbern. Vielleicht fand ich wie im Film einen prall gefüllten Geldkoffer, einen Picasso. Unter Matratzen mit ekligen Flecken stieß ich auf zwei dicke Bücher, richtige Schinken, außen rot und mit silbernen Buchstaben. Kroll hatte auch noch einen Treffer gelandet. Wie ein Oscar-Gewinner hielt er eine ungefähr dreißig Zentimeter große Figur in die Höhe, eine nackte Afrikanerin mit goldenen Lippen und riesigen Brüsten.

»Für meinen Partykeller.«

Ich versuchte, mir Kroll in Freizeitkleidung vorzustellen, als Gastgeber, flirtender Tänzer. Das klappte nicht. Ich sah ihn immer nur in seiner dunkelgrünen Arbeitsuniform, verkniffen und mit Hut.

»Kannst du also doch lesen«, sagte er und zeigte auf die beiden Bücher unter meinem Arm. Seine Laune war jetzt überragend gut, denn er ließ mich ans Steuer. Er wusste, dass er mir damit eine Freude machte. Allerdings wusste er nicht, dass ich keinen Führerschein hatte.

Am späten Samstagmorgen ging ich Richtung Innenstadt. Enge Jeans, weißes, tailliertes Hemd, weinrote Ledersandalen mit Zehensteg. »Aus Marokko«, hatte die Verkäuferin gesagt.

Marokko wurde 1956 unabhängig von Spanien und Frankreich. Hauptstadt: Rabat. Regierungsform: Monarchie.

Trotz der blöden Maximode wimmelte es wieder vor Miniröcken, Hot Pants und knappen Oberteilen, hinter denen sich Brustwarzen abzeichneten. Mein Ständer tat weh in der engen Hose.

Ungefähr in der Mitte der Fußgängerzone hatten sie einen Hügel aufgeschüttet, mit Rasen und Laubbäumen bepflanzt, die Schatten für vier bunte Bänke spendeten. Weil die Leute dort auf Wunsch des Bürgermeisters ins Gespräch kommen sollten, hatte jemand das künstliche Ding *Monte Quasselino* genannt. Der Name hatte sich herumgesprochen und war kleben geblieben.

Man saß da wie auf einem Präsentierteller. Mir war das recht und den Nutten, die da abends Streife gingen, bestimmt auch.

Als ich oben ankam, hielten alle den Mund. Drei lasen Zeitung, einer teilte sich sein Wurstbrötchen mit den Tauben. Eine Dunkelhaarige, ungefähr so alt wie ich, schaute, ein Buch auf den gebräunten Oberschenkeln, in den wolkenlosen Himmel. Italienisches Gesicht, viel dichtes Haar, dunkle Augen. Eine gerade Nase mit ein paar Sommersprossen. Spektakuläre, hellrot gefärbte Lippen.

Ich setzte mich ans andere Ende der Bank, streifte Sandalen und Sonnenbrille mit größtmöglicher Lässigkeit ab, legte eins der beiden Bücher neben mich, schlug das andere auf. Ich ließ mir viel Zeit für jede Seite. Einer der Zeitungsleser beobachtete mich verstohlen. Er hätte wohl gern mit mir getauscht: seine billige Zeitung gegen mein zwei Kilo schweres Buch. Zum ersten Mal dachte ich mit Wohlwollen an Kroll. Schließlich war er es gewesen, der den Sperrmüll entdeckt hatte.

»Was machst *du* denn da?«, rief eine vom Fuß des *Monte* zu mir hoch. Karin oder Katrin. Letzten Samstag hatten wir in der Disko ein bisschen rumgefummelt und mit den Zungen gefuchtelt, während was von Gary Glitter lief. Irgendwann war ihr besoffener Freund vom Klo gekommen. Da war Schluss gewesen mit den Doktorspielchen, Karin oder Katrin hatte sich schnell in eine auf Alkoholwracks spezialisierte Krankenschwester verwandelt.

»Was ich hier mache?«, rief ich lauter als nötig von oben herab. »Lesen!«

»Soll schlecht für die Augen sein.«

»Aber gut für die Birne.«

Die Freundin des Trinkers verzog sich mit ihrem himmelblauen Röckchen und den weißen Sommerstiefeletten. Einige auf dem *Monte* schauten mich vorwurfsvoll an, dabei hatte ich doch nur gequasselt.

Gegenüber die Boutique, in der ich neulich mein weißes Hemd gekauft hatte. Aus dem Plattenladen daneben wehte ein Song von David Bowie herüber. Eine Demo, an der mehr Polizisten als Demonstranten teilnahmen, schleppte sich vorbei.

»Sofortige Anerkennung der DDR!«, schrie eine Frau in ein Megaphon, der Rest betete die Parole nach. Zwei Spruchbänder wurden hochgehalten, drei Fahnen geschwenkt. Ich gab einer Taube, die vor meinen nackten Füßen herumpickte, einen leichten Tritt.

»Spannend, dein Buch?«, fragte die Dunkelhaarige vom anderen Ende der Bank. Sie hatte eine warme, leicht rauchige Radiostimme.

»Geht so.«

»Worum geht's denn?«

Ich überlegte.

»Politik und so«, sagte ich. »Und Geschichte.«

»Dann kannst du mir bestimmt was zur Kriegsschuldfrage sagen.«

Sie rückte näher.

»Erster Weltkrieg. Am Montag schreib ich 'ne Klausur über den langweiligen Mist.«

»Von wegen langweilig. Total spannend!«

»Aber nur, wenn Alain Delon mein Geschichtslehrer wäre.«

Ich holte, vielleicht etwas zu dramatisch, Luft. Franz Conrad von Hötzendorf, Chef des österreichischen Militärs, und Außenminister Leopold Graf Berchtold waren für mich auf Wiener Seite die größten Schufte. In Berlin setzte ich Großmaul Wilhelm II., Helmuth von Moltke, den nervenschwachen Sandkastenstrategen an der Spitze des Großen Generalstabs, und als Dritten im Bunde der trüben Tassen Reichskanzler Theobald von Bethmann Hollweg in die erste Reihe der Anklagebank. Nicht unerwähnt ließ ich, dass Monsieur Poincaré und der Zar von Russland alles andere als Anwärter auf den Friedensnobelpreis waren, den Krieg aber nicht – wie die Österreicher und Moltke – um jeden Preis wollten. Im Rahmen dieser Überlegungen zerpflückte ich zusätzlich den total bescheuerten Schlieffen-Plan, der unter anderem den deutschen Überfall auf Belgien vorsah, dessen Neutralität vom Britischen Weltreich garantiert wurde.

Die Dunkelhaarige lächelte. Überrascht, ungläubig, vielleicht sogar bewundernd. Das machte mir Mut, sie nach ihrem Namen zu fragen, aber sie kam mir zuvor.

»Du hältst dein Buch falsch herum.«

Ich war nicht der Typ, der schnell errötet, aber nun passierte es. Feuerwehrrot, sonnenbrandrot, *Erkennt-die-DDR-an*-fahnenrot, das spürte ich, dazu brauchte ich keinen Spiegel. Ich drehte das Buch ungeschickt um, dabei wäre es mir fast aus den Händen gefallen. Meine Banknachbarin half mir reaktionsschnell beim Auffangen. Unsere Finger berührten sich dabei kurz. Ich schaffte es nicht, in die entsetzliche Stille hinein was von einer Augenentzündung zu faseln. Alle auf dem *Monte* und in der Fußgängerzone starrten mich an. Es kam mir jedenfalls so vor. Ich tastete nach meiner Sonnenbrille, fand sie nicht. Meine Fingerspitzen versuchten, sich in das Holz der Sitzbank zu krallen. Vor der Boutique wurden jetzt bunte Luftballons verteilt.

»Und Spanisch kannst du auch?«

»Wie – Spanisch?«, antwortete ich schlagfertig wie ein Ziegelstein.

»Das hier ist doch Spanisch!«, sagte die Gymnasiastin und deutete mit spitzem, sexy rot lackiertem Zeigefinger auf die Titelseite meines Buchs. »*Miguel de Cervantes. Novelas ejemplares.* Findest du nicht auch, dass sich das spanisch anhört?«

Der Wunsch, sie nach ihrem Namen zu fragen, war über alle Berge, zwanzigtausend Meilen unter dem Meer. Und wenn die Sonne so weitermachte, würde sie spätestens übermorgen restlos verglüht sein. Mein Kopf brauchte dazu maximal noch fünf Sekunden.

2

Nach dem Wochenende war Kroll nicht wiederzuerkennen. Etwas war in ihn gefahren, er war ein Anderer geworden. Die rechte Hand des Chefs, wie er sich gern nannte, war lädiert, griff ins Leere, lahmte. Kroll, das Vorbild, der Hundertzehnprozentige, erschien zu spät zur Arbeit, viel zu spät. Die anderen Gärtner meinten, Krolls Alte sei abgehauen, deshalb der Schlendrian. Kroll hatte oft damit angegeben, sich nicht mal ein Ei kochen zu können. Weiberkram. Vielleicht, mutmaßten die Kollegen, konnte er sich auch den Wecker nicht stellen, weil seine durchgebrannte Frau das immer für ihn getan hatte.

Ich musste die Wartezeit überbrücken, indem ich am Montag den Mercedes des Chefs putzte, am Dienstag den Karmann Ghia der Chefin und am Mittwoch die Ente der Tochter. Ich führte den Hund aus, saugte Staub im Umkleideraum und flickte einen Fahrradreifen. Wenn Kroll dann endlich irgendwann eintraf, machte er ein Gesicht, als sei er jahrelang Kohlenschaufler auf B. Travens *Totenschiff* gewesen. Müde, apathisch, neben der Spur. Er regte sich nicht mehr auf, wenn ich beim Rasenmähen mal einen Gang zurückschaltete.

Frühstückspause war von neun bis Viertel nach neun.

»Wie spät ist es?«, fragte ich unruhig.

»Scheißegal«, antwortete Kroll und starrte in seinen leeren Kaffeebecher. Es war bestimmt schon halb zehn. Ich riss mich nicht darum, hinter dem Rasenmäher herzulaufen, hatte aber Angst, schon wieder entlassen zu werden. Ich war noch in der Probezeit.

Wir saßen auf einer Bank vor dem Krankenhaus, in dem ich geboren worden war und mit sechs fast gestorben wäre. Gelber Ziegelsteinbau, sieben Stockwerke.

Patienten in Bademänteln spazierten in Begleitung eines rollbaren Infusionsständers durchs Gelände, zogen gierig an einer Zigarette. Krolls Gleichgültigkeit verschwand, wenn eine hübsche Krankenschwester an uns vorbeiging.

Es roch nach frisch gemähtem Gras. Ein Rettungswagen machte Radau. Auf der Bank nebenan fütterte eine alte Frau die Spatzen und redete dabei mit sich selbst. Am Himmel ein Flugzeug, das ein langes Band hinter sich herzog, darauf Buchstaben und Zahlen.

Es war zehn Uhr, wenn nicht später, als der Chef auftauchte, eine Bohnenstange mit ein paar quer über die Glatze gekämmten Haaren. Von weitem rief er Krolls Namen wie ein Hundehalter. Kroll erhob sich schwerfällig, kratzte sich am Hals und ging los, als hätte man ihm Eisenkugeln an die Füße geschmiedet.

»Ich bin die Ruhe selbst!«, schrie ihm der Chef entgegen.

»Und ich erst!«, antwortete Kroll in gleicher Lautstärke.

Am nächsten Tag war er pünktlich wie immer. Während sich alle anderen noch umzogen, Fußballtabellen bequatschten, rauchten oder einfach nur vor sich hin gähnten, hatte Kroll auf dem Firmenhof bereits den Unimog mit Blausteinen und Schotter beladen und einen Kleinbagger auf den Anhänger gelenkt, dabei Nettigkeiten mit dem Chef ausgetauscht. Als wir losfuhren, verkündete Kroll euphorisch, dass nun Schluss sei mit dem verdammten Unkraut, dem vermaledeiten Gras. Dass wir auf einem Anwesen eine große Trockenmauer bauen würden, einen Springbrunnen und ein toskanisches Kräuterbeet. Gartenbau und Landschaftsgestaltung vom Allerfeinsten!

Der Schauspieler Tony Curtis, wusste meine Mutter, eine Jet-Set-Kennerin ersten Ranges, besaß ein Haus mit fünf Badezimmern. Hätte mich nicht gewundert, wenn es in dieser weißen Villa am Stadtwald, vor der Kroll nach zwanzig Minuten Fahrt parkte, sechs gab.

Das Dienstpersonal hatte wohl seinen freien Tag. Die Hausherrin empfing uns persönlich. Anfang vierzig, südländischer Typ, unübersehbarer Busen. Aber keine Stöckelschuhe, sondern

Gummistiefel, und statt Samt- und-Seidekleid ein schmutziges T-Shirt, löchrige Jeans. Die Frau schwitzte. Sie hatte bereits Eisenpflöcke gesetzt und eine Schnur gespannt.

»Aushub für das Fundament dreißig Zentimeter tief?«, fragte sie.

»Vierunddreißig Komma siebenzwo«, antwortete Kroll. »Hab ich so gelernt in der Baumschule.«

Er lachte, die Frau lächelte ansatzweise. Ich verkehrte zwar nicht in Sechs-Badezimmer-Kreisen, aber irgendwie kam sie mir bekannt vor. Vögel zwitscherten gutgelaunt, Laubbäume spreizten sich wie Sonnenschirme.

»Sie füllen mit Schotter auf, nehme ich an?«, sagte die Frau und kämmte ihre halblangen Haare mit den Fingern.

»Nein, mit Platin. Im Notfall auch mit Gold. Aber nur im Notfall, Frau Aston.«

Jetzt lachte sie, und Kroll drückte keck sein Hütchen in die Stirn. Er war schon wieder ein Anderer. Wie er *Frau Aston* gesagt hatte, mit der schmachtenden Reibeisenstimme eines von Sexualhormonen getriebenen, der Lebenslust verfallenen Chansonniers. Kroll musste im Sperrmüll auch ein kompetentes Handbuch fürs erfolgreiche Flirten gefunden haben.

»Ach, übrigens«, sagte Frau Aston. »Haben Sie zufällig was gegen Brennnesseln dabei? Wir haben hier nämlich so eine Plage.«

»Hab ich«, antwortete Kroll, zog seine Jacke aus und brachte seine Oberarmmuskulatur zur Geltung. »Hab ich.«

Die Frau hob die Augenbrauen, änderte dann aber plötzlich ihre Blickrichtung. »Sonja! Schon wieder verschlafen?«

»Freitags erste Stunde frei. Weißt du doch, Mama!«, rief das Girl vom *Monte* genervt.

Ich wünschte mir ein UFO, das mich aufsaugte und in eine andere Galaxie brachte. Oder wenigstens eine Pille, die mich unsichtbar machte.

Es war die Polizei, die mir aus der Patsche half. Sie parkte unversehens mitten auf der Baustelle. Zwei Uniformierte stiegen aus, strichen nahezu synchron ihre Uniform glatt, bedeckten ihren Kopf. Ob ich Paul Weber sei?

Ich nickte, und da sagte der Ältere der beiden: »Mitkommen! Zwangsvorführung!«

Vor Schreck kriegte ich kein Wort raus. Die Beamten nahmen mich in fürsorgliche Begleitung.

»Übrigens danke«, rief Sonja mir hinterher. »Ich hab eine Zwei in der Klausur!«

Kroll stellte sich dem Polizeiwagen in den Weg und rief: »He, das muss'n verdammter Irrtum sein!«

Die Polizisten drohten mit Verhaftung wegen Widerstands gegen die Staatsgewalt. Da wich Kroll langsam zurück.

Flatternde Angst. Mein schlechtes Gewissen verschwieg mir, weshalb es da war. Die Todesstrafe war 1949 in der Bundesrepublik Deutschland abgeschafft worden. Ganz so schlimm würde es also nicht kommen. Das beruhigte mich nicht. Das Wort *Zwangsvorführung* klang gefährlich. Aber keine Handschellen, kein Blaulicht. Sie hielten mich wohl für einen kleinen Fisch, einen Bleistiftdieb. Als gäbe es mich gar nicht, unterhielten sich der Fahrer und der Bewacher neben mir über Wochenenddienst, die aktuelle Hitzewelle und die Russen. Ich zwang mich, aus dem Fenster zu sehen, mich auf Häuser und Passanten zu konzentrieren, an denen wir vorbeifuhren. Im Parkverbot vor einem schäbigen alten Kasten war Endstation. Es ging vier quietschende Treppen hoch, muffige Luft. Dann durch eine schwere Tür ins kalte Licht eines Vorzimmers, in dem eine Deutschlandfahne und ein Foto des Bundespräsidenten hingen. Ein Ventilator schuftete.

»Er wäre dann da«, sagte einer der beiden Polizisten zu einem Mann mit Ärmelschonern.

»Soll warten!«

Man wies mich in einen fensterlosen Raum, die Tür wurde hinter mir abgeschlossen. Waschbecken, grauer Metallschrank, eine Liege. Ein Arztkittel, über einen Drehstuhl geworfen. Auf einem Tisch ein Stethoskop und ein Blutdruckmessgerät. Skalpell, Betäubungsmaske und Verbandsmaterial waren nicht zu sehen, dennoch schlug mein Herz Alarm. Die alte Angst war wieder da.

Im Krankenzimmer roch es nach überreifem Obst, Bohnensuppe, die es zu Mittag gegeben hatte, und dem Eau de Cologne von Müttern und Omas. »Wir wollen niemals auseinander gehn«, sang meine Mutter jetzt schon zum zweiten Mal, das war wohl ihr neuer Lieblingsschlager.

»Da dürfen wir aber nicht mehr soviel Kuchen essen wie neulich auf deiner Geburtstagsfeier«, sagte ihr neuer Freund. Weit offenes Hemd, Haare auf der Brust bis unters Kinn.

Meine Mutter und ihr Neuer lachten, obwohl ich hohes Fieber hatte und Nachblutungen. An meinem dritten Schultag hatte ich beim Turnen einen stechenden Schmerz gespürt, der nicht aufhören wollte. Ich fing an zu weinen. Herr Freitag, der Sportlehrer, sagte, ich solle mich nicht anstellen wie ein Mädchen, doch als die Stunde vorbei war, verstaute er mich im Beiwagen seines Motorrads und fuhr mit mir los. Die anderen sahen mir neidisch nach, aber richtig genießen konnte ich das nicht. Der Arzt wusste nach kurzem Abtasten Bescheid. Akuter Leistenbruch, musste sofort operiert werden.

»Am vierzehnten Mai fünfundvierzig, heute vor fuffzehn Jahren, hätt ich auf die Unteroffiziersschule kommen sollen«, sagte der neue Freund meiner Mutter jetzt zu Reinholds Vater. Reinhold lag im Bett neben mir und war genauso eine Arschmade wie meine Operationswunde, die nicht verheilen wollte.

»Aber dann,« sagte der Neue, »war am achten Mai plötzlich der Krieg aus.«

»Hab auch Pech gehabt«, antwortete Reinholds Vater. »Bei den Scharfschützen war's doch so: Ein Abschuss wurde nur anerkannt, wenn ein Offizier das bestätigte. Ich hatte zwar das Scharfschützenabzeichen 2. Stufe für vierzig Abschüsse, aber in Wirklichkeit waren es bestimmt siebzig. Wenn du fünfzig anerkannt kriegtest, hat dir der Hermann Göring die Hand geschüttelt und 'nen Cognac serviert.«

»Der Reichsjägermeister«, sagte der Neue und putzte sich die Nase. Ich hatte *Schafschütze* und *Schafschützenabzeichen* verstanden. Die armen Schafe! Reinholds Vater war genauso ein Drecksack wie sein Sohn. Der lag brav in seinem Bett und redete nur, wenn er gefragt wurde. Aber sobald die Besuchszeit zu Ende war, würde er uns anderen Kindern wieder Spielsachen und Süßigkeiten wegnehmen, uns Schläge und Erwürgen androhen, falls wir ihn verpetzten, und jeden von uns Drecksack und Arschmade nennen. Dann würde er die Süßigkeiten auffressen oder aus dem Fenster werfen und die Spielsachen kaputt machen. Reinhold war dreizehn, mit Abstand der Älteste im Zimmer, in dem, wie meine Mutter gesagt hatte, *ein Dutzend* Jungen lagen. Jetzt sagte sie zu ihrem Neuen: »Nun hört aber mal mit dem verdammten Krieg auf! Habt ihr kein anderes Thema?«

Dann tätschelte sie meine heißen Wangen, sagte: »Mein Schatz.« Sie saß auf meinem Bett, weil es nicht genug Stühle gab, ihr buntes Kleid war ziemlich hoch über die Knie gerutscht.

»Wann kann ich nach Hause?«, jammerte ich.

»Bald, Paulchen, bald.«

Ich kämpfte mit den Tränen, gewann noch so gerade eben.

»Ganz bald, mein Schatz, glaub mir.«

»Die große Scheiße mit dem Scharfschützenabzeichen war natürlich«, sagte Reinholds Vater, und ich verstand immer noch *Schafschützenabzeichen*, »wenn dich der Iwan damit gekriegt hat, hat er dich sofort umgelegt. Ruckzuck, keine Diskussion. Deshalb hatte ich meins nicht auf der Uniform, sondern in der Hosentasche. War ja nicht blöd.«

»Schluss jetzt!«, sagte meine Mutter laut und mit strafendem

Blick auf die beiden Männer. Mir wurde wieder schwindlig, aber ich konnte nicht umfallen, weil ich schon lag. Ich kriegte den ekelhaften Geruch von dem Zeug, mit dem sie mich vor der Operation betäubt hatten, nicht aus der Nase.

Schlimmer noch als der Geruch und Reinhold waren die Nonnen. Ganz in Schwarz mit ein bisschen Weiß rund um das böse alte Gesicht. Eine von denen hatte mir ein Bildchen von Jesus gegeben und gesagt, ich solle es unter mein Kopfkissen legen, das sei gut gegen die Entzündung. Ich wollte das Bild mit dem blutüberströmten Jesus und der Dornenkrone aber nicht haben und warf es aus dem Bett. Reinhold verriet mich vor dem Abendgebet, und da schlug die Nonne mir mit der Faust gegen den Kopf.

»Du Teufel, du!«, sagte sie. »Unser Herr Jesus ist für alle Menschen am Kreuz gestorben, aber nicht für dich!«

»Jetzt ist er schon vier Wochen hier«, sagte meine Mutter zu einer anderen Frau, die Weintrauben aus einer Papiertüte aß. »Wegen der Komplikationen. Einen ganzen Monat. Das muss man sich mal vorstellen!«

Der Neue blätterte lustlos in einer Zeitschrift und sagte zu meiner Mutter: »Wird langsam Zeit, Uschi.«

Die Tür ging auf und Fräulein Schneider, meine Lehrerin, platzte herein. Krause Haare zu Berge, hochroter Kopf. Am zweiten Schultag hatte sie mir eine gescheuert, weil ich beim Vaterunser in der Nase bohrte. Sie musste sich durch das überfüllte, verschwitzte, laute Zimmer kämpfen. Es tat weh, als sie mir ihre feuchte Hand gab. Sie schenkte mir ein Märchenbuch und versprach, sobald es mir wieder besser gehe, jeden Tag nach dem Unterricht zusätzlich eine Stunde mit mir zu lernen, um den Rückstand aufzuholen.

»Nicht, dass du uns noch in der Hilfsschule landest!«

Meine Mutter bedankte sich beim Fräulein, während ich den Kampf gegen die Tränen verlor, und zwar haushoch.

»›Obergefreiter Schmitz, machen Sie mir keine Schande auf

der Unteroffiziersschule!‹, sagte mein Kompaniechef Anfang Mai fünfundvierzig zu mir«, sagte der Neue traurig zu Reinholds Vater. »Leutnant wär ich geworden, wenn nicht ein paar Tage später alles aus und vorbei gewesen wär. Aus heiterem Himmel!«

»Fahnenflucht schon vor der Einberufung, prost Mahlzeit«, sagte der Arzt jetzt und fasste mir mit eiskalten Fingern schmerzhaft an die Hoden. Mir fiel ein, dass meine Mutter mir vor Wochen einen Brief gegeben und gesagt hatte, der sei bestimmt wichtig.

»Einschreiben. Soll ich's dir vorlesen?«

»Spinnst du, bin doch kein Baby! Kann ich selber.«

Frau von Ginster, die in der Wohnung über uns gewohnt und die mir sonst immer meine Post vorgelesen hatte, war vor einem halben Jahr gestorben. Nachdem sich der Arzt auch für meinen Rücken, meine Füße und mein Lungenvolumen interessiert hatte, unterschrieb er Formulare, die ihm sein Gehilfe reichte. Der hatte mich gewogen und gemessen.

»Läuft auf Panzergrenadier raus«, sagte der Arzt. »Na, die können sich auf was gefasst machen.«

Zehn Minuten später stand ich an einer Bushaltestelle. Meine Hoden taten weh. Überall hübsche Frauen und Girls. Ich schämte mich wegen meiner schmutzigen Arbeitsklamotten. Um schnell wegzukommen, nahm ich den erstbesten Bus. Der brachte mich in eine Gegend, wo es nur Wiesen und Autobahnlärm gab. Ich irrte herum, wie auf einem fremden Planeten. Die Sonne brannte, meine Hoden schmerzten immer mehr, aber dann kam ein Taxi.

Anscheinend hatte mich niemand vermisst. Kroll war so vertieft in ein Gespräch mit seinem neuen Helfer, dass er nicht mal fragte, warum die Polizei mich abgeholt hatte und wie's gelaufen sei. Als Kroll einen Schluck Kaffee nahm und der Neue aus einer großen Cola-Flasche trank, sagte ich: »Bundeswehr. Hatte den Musterungstermin vergessen.«

»Starke Zahnschmerzen, hab ich dem Chef gesagt«, antwortete Kroll und genoss den Anblick des Himmels. »Da hat er mir Ralph geschickt. Student. Will sich was dazu verdienen bei uns.«

»Ralph mit ph«, sagte der Student. Lange blonde Haare, Stirnband. Mädchentyp in der Disko.

Sie redeten weiter über Fußball. Kroll und Ralph hatten denselben Lieblingsverein. Am Wochenende fand ein wichtiges Spiel statt. Es ging um den Aufstieg.

Nach der Mittagspause durfte sich Ralph den Gifttank auf den Rücken schnallen, den Zerstäuber in die Hand nehmen und, zunächst von Kroll angeleitet, gegen die Brennnesseln vorgehen. Ralph arbeitete im Laufschritt, fieberhaft, Kroll musste ihn regelrecht bremsen. Für mich gab es nichts zu tun, alle Steine für die Mauer waren verarbeitet, die neue Lieferung ließ auf sich warten. Ich tat zwei Mücken was zuleide, umkreiste den hellblau gefliesten Swimmingpool. Sonjas Mutter, nun in einem luftigen Sommerkleid, sagte: »Die Arbeit haben Sie nicht erfunden, was?«

Kroll beschwichtigte, schob galant sein Hütchen hin und her und verwies auf das Debakel, das Ralph gerade den Brennnesseln zufügte.

Endlich wurde der Nachschub geliefert. Kroll, wieder ganz rechte Hand, redete mit verschränkten Armen auf den verspäteten Fahrer ein, mahnte, drohte. Gleichzeitig rollte Sonja auf einer roten Vespa aus der Schule an.

»Na, wieder frei?«

»Ja. Sie konnten mir den Bankraub nicht nachweisen.«

Ralph genehmigte sich eine Pause und starrte Sonja mit großen Augen und halb offenem Mund hinterher. Nachdem er sich vom Gifttank befreit hatte, stürzte er sich auf die schweren Steine. Er keuchte wie eine Dampfmaschine.

»Noch was übrig gelassen von unserem Kampfstoff?«, fragte Kroll.

»Höchstens ein paar Tropfen«, antwortete Ralph.

Sonjas Mutter, Kopftuch, große Sonnenbrille, Audrey Hepburn ohne Magersucht, hupte, als sie mit ihrem schwarzen Cabrio wegfuhr.

»Drei Monate von meinem Leben würde ich geben für 'ne halbe Stunde mit ihr«, sagte Kroll leise zu sich.

Ich überlegte, wie viele Monate mir Sonja wert war. Ich hätte Jahre gegeben. Jahrhunderte.

Ein paar Minuten später war es vorbei mit der Romantik. Kroll sah mich nicht an, als er den Befehl des Chefs weitergab.

»Einer von euch muss ab Montag zu Pit Mäurer. Mittelstreifen der Autobahn Richtung Köln. Strauchbepflanzung. Macht das unter euch aus. Mit Streichhölzern oder so. Mir egal.«

Dass er sich raushielt, statt Partei für mich zu ergreifen, gab mir einen tiefen Stich. In meiner ersten Woche in der Firma hatte ich »unter Mäurer gedient«, wie »seine Männer« das nannten. Den Ruf, ein Sklaventreiber zu sein, empfand Mäurer als Kompliment und Ehre. Außerdem war die Arbeit auf der Autobahn gefährlich. Und vor allem würde ich Sonja nicht mehr sehen, wenn ich beim Losen verlor.

Was für ein Tag. Fehlten nur noch Nonnen in schwarzen Klamotten, die mich in einen OP-Saal zerrten, in dem Reinhold ohne Betäubung, aber mit gewetzten Messern praktizierte.

Ungefähr eine Stunde vor Feierabend klagte der Ersatzmann plötzlich über Bauchschmerzen, Übelkeit, Stiche in der Herzgegend. Er behauptete, ich hätte ihm Pflanzengift in die Cola getan, aus Rache, weil ich beim Losen den kürzeren gezogen hatte.

»Blödsinn«, sagte Kroll, auf Knien mit der Wasserwaage beschäftigt. »Die Suppe schmeckt schlimmer als Scheiße. Hättest du bestimmt gemerkt.«

»Hab das Zeug einfach in mich reingekippt, weil ich Riesendurst hatte«, sagte Ralph jämmerlich und hielt sich den Bauch.

Um meine Unschuld zu beweisen, bot ich ihm an, einen großen Schluck aus seiner Flasche zu nehmen.

»Die ist doch längst leer«, sagte der Student mit verzerrtem Gesicht. »Und das weißt du ganz genau!«

»Und wo ist die Flasche jetzt?«

»Frag nicht so scheinheilig! Die hast du irgendwo versteckt, damit man die Spuren von dem Gift nicht findet.«

»Dann such sie«, sagte Kroll. »Die muss ja hier irgendwo sein.«

Ralph begann, Steine umzudrehen und Grashalme zu knicken, dabei stöhnte er ununterbrochen. Ohne mich um Erlaubnis gefragt zu haben, wühlte er auch in meinem Brotbeutel herum.

Aus dem Haus kam Musik. Trommeln, Congas und eine dominante E-Gitarre. Sonja tänzelte in einem weißen Bademantel um den Swimmingpool herum. Ralph kam mit leeren Händen an und sagte, das sei jetzt ein Fall für die Kriminalpolizei.

»Jetzt reicht's aber«, sagte Kroll. Er nahm seinen Hut vom Kopf, setzte ihn wieder auf. »Ich hass es, jemanden ohne Beweis zu beschuldigen. Demnächst hat deine Freundin 'nen Braten in der Röhre, und dann sagst du, ich wär's gewesen. Nicht mit mir, mein Freund! Meld dich Montagmorgen bei Pit Mäurer, wenn du bis dahin nicht gestorben bist. Klar?«

Ralph würgte, wimmerte und bettelte darum, ins Krankenhaus gebracht zu werden. Kroll packte den Studenten am Hemdsärmel, zog ihn unsanft Richtung Unimog.

Sonja im gelben Bikini. Wir kämpften plantschend um einen blauen Strandball, dabei streifte ich zweimal Sonjas Brüste. Sie lachte, schnappte nach Luft, die langen nassen Haare verdeckten ihr schönes Gesicht. Auch unsere Hände und Beine berührten sich immer wieder. Das Wasser war nicht kalt genug, um eine Erektion zu verhindern.

»Ich schau dir schon nichts weg«, hatte Sonja gerufen, als ich sagte, ich habe keine Badehose dabei. Schnell hatte ich meine hässliche Arbeiterunterhose ausgezogen und unter den anderen Klamotten versteckt.

»Du hast ja fast gar keine Haare auf der Brust«, sagte Sonja jetzt und wischte interessiert mit einer Hand über meinen Oberkörper. »Mein Vater hat ganz viele. Wie ein Affe, schrecklich.«

»Kommt der nicht gleich von der Arbeit?«, fragte ich besorgt.

»Nee, der lebt in den Staaten. Ich bin ein armes Scheidungskind.«

»Ist bei mir so ähnlich«, sagte ich.

Sonja umarmte mich, gab mir einen Kuss auf den Mund und rief: »Willkommen im Club!«

Sie brachte mein Herz zum Tanzen, so sehr, dass es mir fast die Rippen brach. Noch nie hatte ich etwas Sanfteres als ihre Haut gespürt. Sonja drückte mich unter Wasser, lachte und schwang sich aus dem Pool. In Sport hatte sie bestimmt eine Eins. Sie zog vor meinen Augen ihren Bikini aus, als sei nichts weiter dabei, als sei es die selbstverständlichste Sache der Welt. Schüttelte ihre Haare, ging ins Haus und kam mit zwei Badetüchern zurück. Zögernd verließ ich jetzt auch das Wasser. Ich brauchte beide Hände, um meine Erregung einigermaßen zu verstecken.

»Fällt dir was zum Röhm-Putsch ein?«, fragte Sonja, während sie sich in ein Badetuch wickelte. »Ich muss einen Aufsatz darüber schreiben.«

»Der *so genannte* Röhm-Putsch«, antwortete ich heiser. »Es gab keine konkreten Putsch-Pläne. Das war eine Erfindung Hitlers. Ein Vorwand, um alte Rivalen abknallen zu können und die SA zu zähmen.«

»Montagnachmittag um fünf, hast du da Zeit?«, fragte sie. »Nach der Arbeit hier?«

Ich nickte. Und war einen Atemzug davon entfernt, ihr zu sagen, wie wunderschön sie sei. Dass sie alles hatte, wovon ich träumte, und ob sie mit mir in die Disko gehen wolle, so gegen neun, ich käme sie mit dem Taxi abholen. Aber sie war schneller und sagte: »Also abgemacht. Ich bring dir dafür das Lesen bei.«

Ich wurde rot, zog meine schäbigen Sachen an, murmelte ein Abschiedswort und verflüchtigte mich.

3

Zwei Monate war ich nicht in der Schule gewesen. Eigentlich hätten sieben Wochen gereicht, doch es gelang mir, die Fehlzeit um ein paar Tage zu verlängern, indem ich eine von Schmerzen heimgesuchte, nicht geheilte Kreatur darstellte. Aber an einem Montag Mitte Juni, nach einer schlaflosen Nacht und vielen Tränen am Morgen, eskortierte mich meine Mutter, die wegen der Verspätung großen Ärger mit ihrem Chef bekommen würde, bis zum Schulhof, um zu verhindern, dass ich meine Drohungen wahr machte, mich vor ein Auto zu werfen oder solange die Luft anzuhalten, bis ich erstickt war.

Ich kam nicht dazu, von den Grausamkeiten zu berichten, denen ich im Krankenhaus ausgeliefert gewesen war, weil mir alle außer Anneliese mit der dicken Brille lauthals erzählen mussten, was sie in meiner Abwesenheit gelernt und erlebt hatten. Ara, Emil, Imi, Otto und Ute konnten sie schreiben, 7 Äpfel weniger 5 Äpfel rechnen, und auf dem Rursee waren sie mit einem weißen Schiff gefahren und später in eine Milchbar eingekehrt.

Dagegen waren schwarze Nonnen und Reinholds Verbrechen Kinderkram. Ich hielt die Klappe, saß teilnahmslos auf meinem Stuhl in der vorletzten Reihe. Imi, Ute und die subtrahierten Äpfel: alle und alles rauschte an mir vorbei. Beim Turnen war ich auch bloß Zuschauer, weil ich noch ärztlich verordnete Schonfrist hatte. Am Ende des Schultags bot mir Fräulein Schneider wie befürchtet an, noch zu bleiben, um allein mit ihr das Versäumte nachzuholen.

Ich sprach das Wort *Nachbehandlung* aus. Das hatte der Arzt im Krankenhaus erwähnt. »Ich muss da jetzt sofort hin«, sagte ich, fasste mir an die rechte Seite, wo die Operationsnarbe ein wenig juckte, falls überhaupt. »Jeden Tag muss ich da sofort nach der Schule hin. Sonst gibt es Nachblutungen!«

»Dann sag aber deiner Mutter«, sagte das Fräulein, »dass sie regelmäßig mit dir üben muss, hörst du! Sie soll zu mir kommen, ich zeige ihr dann, wie man es macht. Nicht vergessen!«

Ich nickte und wollte verschwinden. Die Lehrerin hielt mich am Arm fest.

»Noch was, Paul. Morgen kommt der Herr Schulrat zur Revision.« Fräulein Schneider verzog das Gesicht, als sei Revision so was Ähnliches wie eine Operation.

»Es wäre gut, wenn du morgen ausnahmsweise noch einmal zu Hause bliebst. Wegen deinem Rückstand. Wir wollen doch nicht, dass der Herr Schulrat auf die Idee kommt, dich und die arme Anneliese auf die Hilfsschule zu schicken, oder?«

Jetzt machte die Lehrerin eine Pause, die so lange dauerte, dass ich mir schon Sorgen machte, sie würde ihr Angebot zurückziehen.

»Aber du musst morgen den Schulfunk hören und uns dann davon erzählen.«

Abends weinte meine Mutter die ganze Zeit. Ihr Chef hatte getobt und ihr mit Entlassung gedroht, weil sie wegen mir zu spät zur Arbeit gekommen war. Als sie mal kurz aufhörte mit Weinen, bat ich sie, mir den Schulfunksender einzustellen.

Am nächsten Morgen schob ich meinen Stuhl ganz nah vor das Radio. Der alte Kasten mit dem zerkratzten, dunkelbraunen Gehäuse brauchte Zeit, bis er auf Touren war. Es rauschte und keuchte und knackte. Ich kannte das, weil ich oft das Radio einschaltete, um nicht so allein zu sein. Endlich fing einer an, die Toto- und Lottoquoten der letzten Ausspielung vorzulesen. »Ohne Gewähr«, sagte der Sprecher. Ich verstand *ohne Gewehr* und dachte an den *Schafschützen*.

In der Wohnung über mir klopfte Frau von Ginster mit ihrem Krückstock auf den Holzfußboden, es war Viertel vor acht. Meine Mutter, die seit sechs Uhr in der Kantine vom Stahlwerk putzte und Kartoffeln schälte, hatte die Klopfzeichen mit Frau von Ginster ausgemacht, damit ich wusste, wann es Zeit war loszugehen.

Zwar stellte mir meine Mutter auch den Wecker, aber sicher war sicher. Frau von Ginster klopfte und klopfte, weil sie nicht gehört hatte, dass die schwere und klemmende Haustür zugeschlagen wurde. Wir hatten vergessen, der Alten zu sagen, dass ich wegen der Revision vom Unterricht befreit war.

Es folgte *Das kirchliche Wort.* Ein Mann schimpfte über Freizügigkeit im Schwimmbad und auf der Kinoleinwand. Ich hatte das Wort *Freizügigkeit* noch nie gehört, war mir aber ziemlich sicher, dass es was mit Küssen und Busen zu tun hatte.

Der Schulfunk fing mit einem kurzen Musikstück und dem Hinweis an, dass alle Beiträge des Morgenprogramms nachmittags ab vierzehn Uhr fünf wiederholt würden. Dann kam *Aus Heimat und Welt.* Es ging um die Wüste Gobi. Sie war die sechstgrößte Wüste, aber nur eine Scheinwüste. Es gab dort viele Seen, Felsen, Steppenwölfe und nur wenig Sand. Richtig heiß wurde es da meistens auch nicht, und nachts musste man sich warm anziehen. Nach der Wüste, die gar keine richtige war, kam *Der Pflanzenfreund* zu Wort. Hier drehte sich alles um Erdbeeren, Erdnüsse und Tomaten. Die Sprecherin hatte eine angenehme Stimme. Als die Sendung *Der Arzt spricht* angekündigt wurde, schaltete ich schnell aus. Von Ärzten hatte ich die Nase voll. Ich lief hoch zu Frau von Ginster und bat sie, kurz vor vierzehn Uhr fünf mit dem Krückstock zu klopfen.

Das erste, was ich am nächsten Tag in der Schule zu hören kriegte war, dass der Schulrat abgesagt hatte. Sein Telegramm war erst kurz vor Ende der letzten Stunde eingetroffen. Hannelore, die Klassenbeste, sagte, Fräulein Schneider habe ein schönes blaues Kleid mit großem weißen Kragen angehabt und Schuhe mit hohen Absätzen. Und viel Parfüm und eine neue Frisur.

Von den Haaren abgesehen, sah die Lehrerin jetzt wieder wie immer aus. Aber kaum waren wir mit dem Vaterunser fertig, stürmte ein Mann mit langem, offenem Mantel in den Klassenraum, rief: »Ich bin gar nicht da, überhaupt nicht da!«, und setzte sich hinter das Lehrerpult von Fräulein Schneider.

»Alle aufstehen, der Herr Schulrat!«, rief die Lehrerin mit dunkelrotem Kopf.

Hannelore schrieb ihren Vornamen in Schönschrift an die große Tafel. Der Schulrat applaudierte. Ich zeigte auf, wurde aber übersehen. Hannelore rechnete im Kopf. »Richtig!«, riefen der Schulrat und das Fräulein im Chor. Hannelore zeigte auf der großen Landkarte die deutschen Ostgebiete unter grausamer polnischer und russischer Verwaltung. Der Schulrat war entzückt. Ich zeigte immer noch auf, ohne Erfolg. Zwei Mädchen sangen gemeinsam ein Lied, *Summ, Bienchen, summ,* und dann durfte Inge ihre Häkel- und Strickarbeiten vorzeigen. Der Schulrat erhob sich, strich Inge mit beiden Händen über den Kopf, zog ein bisschen an ihren Zöpfen. Ich schnippte jetzt, obwohl das streng verboten war. Die Schneider machte ein böses Gesicht und »Kschksch! Kschksch!«

»Junger Mann, was ist denn los?«, rief der Schulrat amüsiert. »Etwa ein dringendes menschliches Bedürfnis?«

Übergangslos fing ich an, die Scheinwüste Gobi herunterzubeten. Nach drei, vier Sätzen, ich wollte gerade was über die Pflanzen in den Oasen sagen, Pappeln, Schilf und Federgräser, unterbrach mich das Fräulein: »Danke, Paul, sehr schön«, und nahm Lisa dran, die einen bunten Vogel an die Tafel malen sollte.

»Halt, einen Augenblick, bitte!«, rief der Schulrat. »Dem Vortrag dieses erstaunlichen jungen Mannes möchte ich gern noch ein klitzekleines Bisschen länger lauschen. Natürlich nur mit Ihrer Erlaubnis, verehrtes Fräulein.«

Die Schneider erteilte mir kühl, nahe an Verärgerung, das Wort. Nach der Scheinwüste kam ich auf Scheinfrüchte zu sprechen. Die Erdbeere, die in Wirklichkeit eine Scheinbeere und Sammelnussfrucht ist. Und die Erdnuss, die keine Nuss ist, sondern eine

Hülsenfrucht. »Die Tomate«, fuhr ich fort, »ist kein Gemüse, sondern eine Verwandte der Kartoffel und der Tollkirsche.«

»Donnerwetter, phä-no-me-nal!«, rief der Schulrat.

Er erhob sich und raffte seinen Mantel zusammen. Ich fragte mich, warum er den bloß anhatte bei der Hitze.

»Mein Gott, Junge, woher weißt du das alles?«

»Aus dem Schulfunk. Weil das Fräulein gesagt hat, dass ich nicht in die Schule darf, wenn der Schulrat kommt. Wegen dem Rückstand.«

»Unfug, der Schüler war gestern krankgemeldet«, beeilte sich Fräulein Schneider zu sagen. »Durchfall.«

»Schnelle Heilung, ausgezeichnet«, sagte der Schulrat und tätschelte jetzt auch mich mit seinen nach Zigaretten und Rasierwasser riechenden Händen. Mich, den, wie er sagte, »sicheren Kandidaten für das Gymnasium. Ich will doch hoffen: das altsprachliche. Panta rhei!«

Der Schulrat lachte zuversichtlich, fragte mich nach meinem Vor- und Nachnamen und schrieb beide in ein kleines rotes Buch.

Da sagte Anneliese, die sonst nie was sagte: »Ich gestern auch nicht Schule. Fräulein verboten.«

Der Nachhall von Annelieses schriller, piepsiger Stimme sprang von Wand zu Wand. Der Kopf der Schneider hing schief, wie nach einer heftigen Ohrfeige. Auch der Schulrat schien was abbekommen zu haben.

Da straffte sich das Fräulein und rief: »Was plapperst du da für unerhörtes Zeug, du Dummkopf, du Hilfsschülerin!«

Der Schulrat fummelte an seinem Mantel herum, als seien Wespen darunter, bevor er versprach, sich für ein Schultelefon einzusetzen, damit es in Zukunft keine verspäteten Telegramme, keine bösen Überraschungen mehr gebe. Und dann: »Leider schon auf Wiedersehen, liebe Schüler. Termine, Termine!« Er winkte wie auf dem Bahnhof. Dann bat er Fräulein Schneider, ihm kurz auf den Schulflur zu folgen. Die Klassentür wurde geschlossen.

Als die Schneider zurückkam, saßen wir immer noch fast regungslos da. Die Lehrerin setzte sich auf den Stuhl, der nun wieder ihr allein gehörte. Ihr Gesicht war nicht mehr dunkelrot, sondern weiß, ihr Blick leer. Sie sah aus wie jemand, der auf die Hilfsschule muss. Allmählich löste sich bei uns anderen die Anspannung. Papierbälle flogen hin und her, alle lachten, als der dicke Günter laut rülpste. Die Lehrerin ließ alles ohne ein Wort geschehen.

Zwei Tage später machte der Wecker um Viertel vor acht Krach, Frau von Ginster pochte mit dem Krückstock, aber ich blieb einfach vor dem Radio sitzen. Ich hatte Angst vor Fräulein Schneider. Sie hatte gesagt, ich sei in Zukunft Luft für sie, doch das war gelogen, denn Luft warf man keine schrecklichen Blicke zu.

Ich hörte Schulfunk, *Lebendige Vergangenheit.* Pedro, Küchenjunge an Bord der *Santa Maria*, erzählte, wie Columbus' Schiff am Ersten Weihnachtstag des Jahres 1492 auf eine Sandbank vor Hispaniola auflief. So hieß die Insel mit den heutigen Staaten Dominikanische Republik und Haiti früher.

Bei *English for juniors* kam ich nicht mit, weil die Sendung fürs fünfte Schuljahr bestimmt war. Ich suchte einen anderen Sender. Eine Frau sang *Ganz Paris träumt von der Liebe.* Das Lied kannte ich, meine Mutter sang es oft. Ich trank ein Glas Zitronenlimonade, ging dann hoch zu Frau von Ginster.

Sie lag seit vielen Jahren im Bett, und trotzdem trug sie immer einen Hut, diesmal einen schwarzen mit violetter Schleife und langer Feder, und eine weiße Bluse mit Rüschen. Der Rest von Frau von Ginster verschwand unter der Bettdecke.

»Na, Paulchen«, begrüßte sie mich. »Wieder Revision?«

»So ungefähr«, antwortete ich.

Frau von Ginster, die sehr aufrecht in ihrem Bett saß, rief nach ihrer Pflegerin, deren kantiges, irgendwie grausames Gesicht mich an die Nonnen im Krankenhaus erinnerte, und verlangte ein Blatt Papier, ein Kuvert und ihren Füllfederhalter.

Unter dem altmodischen Bett der Alten ragte der lange weiße Griff einer Bettpfanne hervor. Ich musste immer wieder hinschauen, obwohl ich das Ding eklig fand. Aus dem Krankenhaus wusste ich, wozu Bettpfannen gut waren.

»*Konnte wegen postoperativer Malefizien leider nicht am Unterricht teilnehmen*«, schrieb Frau von Ginster laut. Sie erklärte mir, dass »ein sicherer Kandidat fürs Gymnasium« das Gegenteil von einem Hilfsschüler war, und dass die schützende Hand des Schulrats von nun an über mir schwebe. »Also keine Angst, mein Junge.«

Frau von Ginster hatte im Gegensatz zu uns ein Telefon, und nachdem sie den Hörer von dem schwarzen Apparat abgenommen, die Wählscheibe gedreht, »Er kommt jetzt«, gerufen und mir ihren Wohnungsschlüssel zugeworfen hatte, lief ich die Treppe runter und dann zu Herrn Großkurths Feinkostladen. Der Inhaber hatte die Bestellung schon vorbereitet. Zwei schwere Flaschen, in hellbraunes Papier verpackt und in eine himmelblaue Stofftasche gesteckt, dazu eine Stange Zigaretten.

Ich schmuggelte mich und den Einkauf an der Pflegerin vorbei, holte Weinglas und Korkenzieher aus dem Versteck, und Frau von Ginster fragte mich, ob ich wisse, dass Peter Stuyvesant, der Namensgeber ihrer Lieblingszigaretten, der Gründer von New York sei.

»New York hieß eigentlich Nieuw Amsterdam«, sagte ich. »Und die Indianer waren zuerst da, nicht die Niederländer!«

Frau von Ginster schüttelte lächelnd den Kopf, bevor sie aus ihrem vollen Glas trank und sich danach mit der gleichen Gier einer Zigarette widmete.

4

Ich wünschte Sonja herbei und Zippi weit weg. Am besten in die Scheinwüste Gobi, weil ich nicht wollte, dass sie dabei war, wenn Sonja mir das Lesen beibrachte. Zippi hatte kurze blonde Haare und bezog ihre Oberbekleidung anscheinend aus dem Ostblock. Ihre Oberweite hielt sich, verglichen mit Sonjas, in Grenzen. Irgendwo hatte ich Zippi schon mal gesehen.

»Komischer Name«, sagte ich.

»Kann ja nicht jede Sonja heißen.«

»Freundin von dir?«

»Geht so. Sie schreibt meine Hausaufgaben ab. Und du bist der Professor?«

»Der – was?«

»Sonja nennt dich so. Sie hat gesagt, dass du uns beim Röhm-Putsch hilfst.«

»Beim *so genannten* Röhm-Putsch.«

»Siehste.«

Das Wochenende war verregnet gewesen. Ich hatte zum Ärger meiner Mutter und ihres neuen Freunds das Badezimmer blockiert, dort meine kaum vorhandene Brustbehaarung entfernt, und dann auch noch mit viel Rasierschaum die Schamhaare weggemacht.

Sonntagabends hörte ich eine Radiosendung über Franz Kafka. Seine Beziehung zu Frauen, vor allem zu Felice Bauer und Milena Jesenská, wurde unter die Lupe genommen.

»Der Schriftsteller von Weltrang hat sein Liebesleben nur beim manischen Briefeschreiben vollzogen«, sagte der Sprecher. »Er schrieb sogar Briefe an seinen vermeintlich zukünftigen Schwiegervater, in denen er sich als impotent und auch sonst völlig unfähig darstellte, nur um eine Heirat und damit den Zwang zum Beischlaf zu verhindern.«

Was für ein Glück, dass ich noch keine Zeile von diesem Typen gelesen hatte! Ich dachte an Sonja, wie ich beim Spiel mit dem Ball zweimal ihre Brüste berührt, und wie sie sich dann vor mir ausgezogen hatte. Ein Wort von ihr, und niemand auf der Welt hätte mich zum Beischlaf *zwingen* müssen.

Montagmorgens war die Sonne zurück. Nachdem wir auf der Baustelle angekommen waren, verschwand Kroll mit einer Tasche in der Hand hinter einem Gebüsch. Ich tat so, als sei nichts dabei, als er wieder auftauchte und statt grüner Arbeitsuniform ein Hawaii-Hemd und beige Bermudashorts trug. Auch der Hut war der Moderevolution zum Opfer gefallen. An seiner Stelle saß nun eine leuchtend rote Schirmmütze.

Kroll tat so, als sei nichts dabei, als ich Hemd und Unterhemd auszog, damit mein völlig enthaarter Oberkörper zur vollen Wirkung gelangte. Weil sich die Sonne hinter einer großen Wolke versteckte und Wind auffrischte, bekam ich eine Gänsehaut.

»Der Chef ist auf 'ner Tagung in Bergisch Gladbach«, sagte Kroll. »Da lassen wir's mal ausnahmsweise ruhig angehen. Haben wir uns verdient, was?«

Völlig untätig waren wir aber nicht. Wir hatten ständig die Villa im Auge. Einer von uns wartete wohl auf das Erscheinen von Frau Aston, der andere auf das ihrer Tochter. Die Türen des Unimogs standen weit offen, damit Kroll die Schlagermusik aus dem Autoradio hören konnte. Ich zog meine traurigen Arbeiterschuhe aus, machte barfuß einen Spaziergang. Stellenweise lag noch Morgentau auf dem Gras. Ich besichtigte den Swimmingpool, hielt beide Hände ins Wasser, gab dem blauen Strandball einen nostalgischen Stoß. Später kam ich an den toten Brennnesseln vorbei. Ralph hatte mir hasserfüllte Blicke zugeworfen, als er morgens auf dem Firmenhof in den orangenen Einsatzwagen von Pit Mäurers Autobahnkolonne geklettert war.

Kroll ließ sich unter einem Kirschbaum nieder, atmete tief

durch. Dann starrte er wieder, genau wie ich, zum Haus hinüber. Um halb acht die Radionachrichten. Willy Brandt bereitete sich auf eine Reise nach Israel vor.

»Eine höchst schwierige Mission«, sagte der Regierungssprecher. Danach die Meldung, dass der Bundestag in der kommenden Woche die Promillegrenze für Autofahrer von 1,5 auf 0,8 heruntersetzen würde.

»Blödsinn«, sagte Kroll und rieb sich die Augen. »Besoffen fahr ich am besten.«

Insekten summten, krabbelten, gingen ihrer Arbeit nach. Nicht weit entfernt ein Kuckuck. Ich wünschte mir meine Schamhaare zurück. Es juckte und piekste, und die Schnittverletzung, die mir bei der Rasur passiert war, brannte.

Im *Morgenmagazin* diskutierten Hörer jetzt über die immer noch aktuelle Maxi-Mode.

»Mini!«, rief Kroll. »Mini, Mini, Mini!«

Weil ich seiner Meinung war, bot er mir zur Belohnung den Schlüssel des Unimogs an.

»Dreh mal'n paar Runden. Gib richtig Gas!«

Ich lehnte dankend ab und richtete, genau wie Kroll, den Blick wieder auf das Haus.

»Arbeitet ihr immer so?«, fragte Zippi abends.

»Wie – so?«, antwortete ich.

»So wie Touristen. Der eine wie aus dem Ei gepellt, der andere halbnackt.«

Kroll hatte noch eine Überstunde drangehängt, bevor er nach einem Tag, an dem nur seine Augen in Bewegung gewesen waren, das Handtuch warf. Wenig später traf Frau Aston in ihrem offenen Zweisitzer ein. Sonja, sagte sie, käme erst nach Mitternacht aus Düsseldorf zurück. Probeaufnahmen für ein Modemagazin.

»Für ein seriöses Magazin«, fügte die Frau mit dem Audrey-Hepburn-Look hinzu, und dann bat sie uns, ihr Grundstück zu verlassen. Sie wolle sich ungezwungen im Pool abkühlen. Ungezwungen, das hieß ja wohl: textilfrei.

»Privataudienz?«, fragte Zippi mich.

Ich nickte unschlüssig und zog Hemd und Schuhe an.

Während wir zu Zippis VW gingen, hörte ich, wie Sonjas Mutter ins Wasser sprang. Der arme Kroll. Sein Geduldsfaden war zehn Minuten zu früh gerissen.

Zippi parkte vor dem *Toulouse*. Eine Gymnasiastenkneipe, um die ich bisher einen Bogen gemacht hatte. Die Musikbox spielte *School's out*. Flipperspieler machten Lärm, störten die Konzentration am Billardtisch. An den Wänden Plakate von Toulouse Lautrec. Obwohl der französische Maler und Grafiker nur einszweiundfünfzig groß gewesen war, hatte er die meisten seiner hübschen Modelle rumgekriegt. An ihm hätte sich dieser Kafka ein Beispiel nehmen sollen.

Zippi tauschte Küsschen und kleine Umarmungen aus. Ich stand daneben und fühlte mich unwohl in meinen Arbeitssachen. Wenigstens waren sie beim Nichtstun sauber geblieben. Als Zippi mit ihrer Begrüßungstour fertig war, fanden wir zwei freie Plätze an einem großen Tisch. Die Schüler neben uns rissen sich um ein Pornoheft, diskutierten Stellungen, Schwanzgrößen und Brustumfang.

Zippi sagte was, das sich anhörte wie »Siehst du regelmäßig TV?«

»Nee«, sagte ich. »Bin mehr so Radiohörer.«

Die Musikbox spielte schon wieder diesen Alice-Cooper-Song. Zippi lachte Tränen. Es dauerte, bis sie sich gefangen hatte, und dann sagte sie, jedes Wort betonend: »Hast du regelmäßig GV? Geschlechtsverkehr. Sex. *Nicht* Television.«

»Was hat das mit dem Röhm-Putsch zu tun?«, antwortete ich schlagfertig wie ein Mähdrescher.

»Dem *so genannten*!«, rief mein Gegenüber und fing schon wieder an zu lachen.

An meinem sechzehnten Geburtstag stand morgens die beste Freundin meiner Mutter vor der Tür. Ich war überrascht, denn Rita wusste, dass meine Mutter auch samstags Putzjobs hatte und erst gegen Abend nach Hause kommen würde. Rita gratulierte mir mit einem Kuss, der eigentlich erst ab einundzwanzig war. Sie trug ein kurzes Kleid, viel Lippenstift und Wimperntusche. Sie lud mich ein, mit ihrem Wagen mein Geschenk abzuholen.

»Was für ein Geschenk?«

»Abwarten. Überraschung!«

Während der Fahrt fragte Rita mich dies und das, und obwohl meine Antworten selten über einen Einwortsatz hinausgingen, lachte sie oft. Von ihrem Parfüm und ihrem Fahrstil wurde mir schwindlig. Wir fuhren in ein Parkhaus. Rita nahm meine Hand und führte mich durch ein paar Straßen. Ich kam mir dämlich vor, mit einer Frau Mitte vierzig Händchen zu halten und fragte nervös, was das denn für ein Geschenk sei. Rita lachte nur.

Dann standen wir vor einem Haus mit drei oder vier Etagen, rechts daneben war ein Schuhgeschäft, gegenüber eine Tankstelle. Rita drückte auf eine Klingel.

Sofort ging die Tür auf. In dem weiß gekachelten Flur saß eine Frau hinter einem Tisch und löste Kreuzworträtsel. Rita nahm ihr Portemonnaie aus der Handtasche, legte einen Zwanzigmarkschein auf den Tisch. Die Frau gab Rita einen Schlüssel. Man schien sich zu kennen.

»Zimmer 3«, sagte die Frau, schaute auf ihre Armbanduhr und notierte Zahlen in ein Heft.

Es gab ein Bett, ein paar Kleiderhaken, ein Waschbecken, zwei Handtücher und zwei kleine Stücke Seife. Rita zog die Vorhänge zu.

Ungefähr eine Stunde später klopfte jemand an die Tür und rief: »Zeit!«

Auf der Rückfahrt sagte Rita: »Zu keinem ein Wort, hörst du? Und keine Liebesbriefchen, Geschenke, schmachtenden Blicke und so. Wir zwei machen das nie wieder. Such dir eine Freundin in deinem Alter. Du weißt ja jetzt, wie's geht.«

Ich nickte. Rita sang einen Schlager aus dem Radio mit. Ihr Busen war viel schöner als ihre Stimme.

Abends, als meine Mutter von der Arbeit kam, sagte sie: »Und? Wie war dein Geburtstag? Hast du dich gut amüsiert?«

Sie kicherte. Ich musste aufpassen, dass ich mich nicht an dem Kuchen verschluckte, den sie aus der Kantine mitgebracht hatte.

Schon wieder hatte jemand den verdammten Alice-Cooper-Song gewählt. »Bringen wir's hinter uns«, sagte ich und begann, von den blutigen Ereignissen Ende Juni und Anfang Juli 1934 zu erzählen. Ich kam nicht weit, weil Zippi sich ständig einmischte, mich korrigierte, Namen und Ereignisse erwähnte, von denen ich noch nie was gehört hatte.

»Was soll das hier werden?«, sagte ich. »Anscheinend warst du damals überall live dabei.«

Zippi legte eine Hand auf mein Knie. »Sorry. Den blöden Putsch kann ich auswendig. Aber als Sonja mir von dir erzählt hat, hab ich sofort gedacht: ›Den muss ich kennenlernen!‹«

Mick Jagger, John Lennon und Willy Brandt hörten diesen Satz wahrscheinlich fünfzigmal am Tag. Mir hingen die vier Wörter aber noch nicht zu den Ohren raus. Zippi war zwar nicht mein Typ, aber alles andere als hässlich. Sie machte nur zu wenig aus sich. Jedenfalls war sie viel netter, als ich gedacht hatte, und deshalb holte ich sie mit einem leisen Fingerschnippen aus der Verbannung in Gobi zurück.

»Weißt du«, sagte sie, »ich mach mit bei der SDAJ. Sozialistische deutsche Arbeiterjugend. Das Problem ist, wir heißen zwar so, sind aber alle nur Abiturienten. Naja, nicht alle. Einer macht erst nächstes Jahr Abi.«

»Verstehe«, sagte ich und verstand überhaupt nichts. Aber ich wusste jetzt, wo ich Zippi schon mal gesehen hatte. Sie war Anführerin der Demo für die Anerkennung der DDR gewesen. Mit ihrem Megaphon war sie mir auf dem *Monte* ziemlich auf die Nerven gegangen.

»Ich sag's mal ganz blöd«, sagte Zippi. »Du als Arbeiter würdest uns verdammt guttun. Und du könntest sofort stellvertretender Vorsitzender werden!«

»Klingt super«, antwortete ich mit Verzögerung. »Ist ja praktisch wie sechs Richtige im Lotto.«

»Überleg's dir«, sagte Zippi ernst. »Und dann reden wir auf Sonjas Fete noch mal drüber. Du kommst doch sicher auch, oder?«

Ich wusste nichts von Sonjas Fete, hatte aber keine Lust, das zuzugeben.

Am nächsten Morgen benahmen Kroll und ich uns wieder wie brave Männer der Arbeiterklasse. Meine Stahlkappenschuhe aus jugoslawischer Produktion waren ebenso am Start wie Krolls Hut aus Lederimitat. Es wurde geschleppt, geschwitzt und geflucht. Die Trockenmauer fing wieder an zu wachsen. Dass Frau Aston am Abend vorher kurz nach seiner Abfahrt eingetroffen und dann ungezwungen in den Pool gehüpft war, verschwieg ich Kroll, um ihn nicht zu deprimieren.

Plötzlich stand der Chef da. Er hatte seinen Wagen wohl weit außerhalb der Baustelle geparkt. Er nahm seine Sonnenbrille ab, verschränkte die Hände vor dem Schritt und beklagte in fast weinerlichem Ton den langsamen Fortgang der Arbeiten. Er ging sogar so weit, von Pit Mäurer als seiner rechten Hand zu sprechen. Mich beachtete er die ganze Zeit nicht, obwohl ich Ralphs Laufschritt kopierte. Bevor er wieder abrauschte, stieß er Kroll mit dem Zeigefinger an und sagte: »Auf Bewährung, hörst du? Auf Bewährung!«

Keine zwanzig Minuten später, kurz vor der Frühstückspause, war er schon wieder da und beobachtete uns. Das hatten sie ihm wohl auf der Tagung in Bergisch Gladbach beigebracht.

»Keine Pause! Durcharbeiten, beweg dich!«, raunte Kroll mir zu.

»Übrigens«, raunte ich zurück. »Kaum warst du gestern Abend weg, ist Frau Aston gekommen. Und dann ist sie splitterfasernackt in den Pool gesprungen. Eine Figur hat die Frau, sagenhaft! Wollte ich dir nur gesagt haben.«

Kroll war aber nicht nachtragend.

Am frühen Nachmittag fuhr Sonja auf ihrer Vespa an mir vorbei. Ich winkte ihr zu, rief ihren Namen wie ein Fußball-Fan den Namen seines Lieblingsspielers. Sie beachtete mich nicht, ließ mich stehen wie einen aufdringlichen Bettler. Kroll, der nur ein paar Schritte entfernt von dem Desaster stand, sagte kein blödes Wort, bloß: »Mach dir nichts draus. Weiber gibt's wie Sand am Meer. Glaub mir.«

5

Ich fing an, das Chaos, das meine Mutter und ihr neuester Neuer in der Wohnung hinterlassen hatten, in bloße Unordnung zu verwandeln. Ich riss alle Fenster auf, sammelte Aschenbecher ein, leere Flaschen, matschig gewordene Happen und verstreute Salzstangen. Solange ich ein Radio in der Nähe hatte, war Aufräumen nie eine Strafe für mich gewesen. Doch an diesem Morgen fand ich es zum Kotzen. In einem Sektglas schwamm ein gebrauchtes Kondom.

Mit spitzen Fingern deponierte ich das Ding in der braunen Cord-Jacke des Neuen und hoffte, dass es seiner misstrauischen Frau in die Hände fiel. Die Kerle, die meine Mutter anschleppte, waren meistens verheiratet. Nachdem ich meine Hände lange mit heißem Wasser und viel Seife gewaschen hatte, hämmerte ich gegen die Schlafzimmertür meiner Mutter. Sonntags um zehn war Fahrschule. Doppelstunde. Davon hatte sie schon über zwanzig. Heute war die Autobahn dran. Davor hatte meine Mutter seit Wochen Angst.

»Anfahren im Berg ist schon schlimm. Aber Autobahn? Das überleb ich nicht!«

Der Fahrlehrer hieß Jürgen. Er war in derselben Schulklasse wie meine Mutter gewesen. Daher gab es Vergünstigungen. Halber Tarif und Unterricht am Sonntag, weil das der einzige Wochentag war, an dem meine Mutter nicht arbeitete.

Als junge Frau hatte sie den Film *Das Mädchen Rosemarie* mit Nadja Tiller in der Hauptrolle gesehen, und seitdem war ihr größter Traum, so einen Wagen zu haben wie die Tiller im Film. Einen schwarzen Mercedes 190 SL, Cabrio, mit roten Sitzen. Ein Filmplakat und ein Foto, auf dem die Hauptdarstellerin langbeinig aus dem Schlitten steigt, hingen im Schlafzimmer meiner Mutter. Alle Überstunden in der Kantine, alle Putz- und Bückjobs nebenher sollten der Firma Mercedes zugute kommen. Dass Nadja Tiller in dem Film eine Nutte spielt, war nie ein Thema.

Ich goss Kaffee für meine Mutter auf, nicht für den Gast, schnitt Brot, klopfte wieder, bis der Neue grunzte und meine Mutter verkatertes Geplapper von sich gab.

»Ich will nicht auf die Autobahn! Ich sterbe vor Angst. Ruf Jürgen an und sag, ich hätte hohes Fieber. Tausend Promille! Und Blinddarm, Galle, alles!«

Sie interessierte sich für Autos, hatte aber kein Talent zum Fahren. Bei mir war es genau umgekehrt. Mir hatten ein paar Fahrstunden mit Chris gereicht, um seinen Ford in den Griff zu kriegen.

Chris war der Vorgänger des derzeitigen Neuen und der einzige Lover gewesen, mit dem ich klar kam. Am Anfang hatte ich auch gegen ihn die üblichen Guerilla-Aktionen durchgeführt. Die Schuhe, beispielsweise, die er abends vor dem Schlafzimmer geparkt hatte, sahen am nächsten Morgen anders aus. Irgendwie avantgardistisch. Und in den Kaffee, den ich ihm als Zeichen meiner angeblichen Reue servierte, hatte ich Salz geschüttet. Es schien ihm aber ernst zu sein mit meiner Mutter, und so setzte er auf friedliche Koexistenz mit mir.

Es gelang ihm, mich an einem Sonntagmorgen in seinen Wagen zu locken. Erst grinste er, weil ich nicht wusste, dass es ein Ford Granada war. Ich hatte nie Autoquartett gespielt oder mir gewünscht, Kfz-Schlosser zu werden, sah auch keinem röhrenden Porsche hinterher.

»Wird schon gut gehen«, sagte Chris skeptisch. »Hab ja Voll-Kasko.«

Wir fuhren zu dem Schotterwerk, in dem er arbeitete. Er schien da einen gehobenen Posten zu haben, denn er besaß einen Schlüssel für das hohe, gezackte Metalltor. Ein Wachmann grüßte respektvoll. Chris fuhr mit Karacho durch große Pfützen und über ein Bahngleis, vorbei an Werksanlagen, Förderbändern, Rad- und Kettenladern, Bergen aus Schotter, Kies und Sand. Ein Gelände so groß wie Andorra. Oder Luxemburg. Nach einer angeberischen Vollbremsung bot Chris mir an, die Plätze zu tauschen.

Ungefähr eine Stunde später kratzte er sich an seinen dicken Koteletten und nannte mich Fittipaldi, dabei grinste er nicht. Rennsport war nicht mein Ding, aber ich wusste, dass ein Formel 1-Weltmeister so hieß.

Chris und ich fuhren jetzt jeden Sonntagvormittag, wenn meine Mutter sich von ihrem früheren Mitschüler unterrichten ließ, zum Training. Einmal sagte er: »Wahnsinn, du hast es wirklich drauf. Wie du mit der Gangschaltung umgehst und mit den Pedalen, diese Leichtigkeit! Wenn du so vögelst, wie du fährst, kannst du jede Frau der Welt haben.«

Damit setzte er meine Neigung, nicht zu erröten, ein wenig außer Kraft. Aber dann kriegte Chris raus, dass meine Mutter die andere Hälfte des Fahrstundentarifs mit Jürgen auf dem Liegesitz abarbeitete, und schon hatte ich sonntagvormittags wieder Zeit, mich gründlich zu langweilen.

Ich brachte schmutzige Wäsche in die Waschküche, wo ich auf das Ehepaar Konopka stieß, Nachmieter der verstorbenen Frau von Ginster. Die beiden hatten meiner Mutter die halbe Nacht zum lauten Ausleben ihrer Sexualität gratuliert, indem sie mit den Füßen trampelten und mit einem Besenstiel pochten.

»Asoziales Pack!«, sagte Frau Konopka jetzt zu mir.

»Ist ja schlimmer wie im Puff bei euch!«, ergänzte ihr Mann.

»Ist ja schlimmer *als* im Puff bei euch, heißt es grammatikalisch korrekt«, antwortete ich. »Beim Vergleichen wird der Komperativ eines Adjektivs mit dem Vergleichswort *als* gebildet.«

»Hör auf mit deinen schweinischen Ausdrücken!«, rief Frau Konopka angewidert. »Du solltest dich was schämen!«

Nachmittags änderte sich das Wetter schlagartig, wie im Film. Der Himmel wurde schwarz, fing Feuer. Hagelkörner wie im Alten Testament, Windböen rissen Leute, Sonnenschirme, Fahrräder mit sich fort. Wasser spritzte wie nach einem Rohrbruch. Ich stand in meinem dunklen Zimmer am Fenster und sah mir das Schauspiel an. Feuerwehr- und Polizeisirenen, in den Radionachrichten wurde vor Unter- und Überspülungen und herabstürzenden Ästen gewarnt.

Eine Stunde später ließ der Regen nach, aber das Gewitter schien Gefallen an unserer Gegend gefunden zu haben. Ich zog mein Lieblingshemd an, das, mit dem ich mal beerdigt werden wollte, und eine neue schwarze Jeans. War nicht einfach gewesen, die zu kriegen. Hosen mit Schlag waren in Mode. In der Disko war ich so ziemlich der Einzige, der Röhre trug.

Ich stellte mich vor den großen Badezimmerspiegel, drehte mich nach allen Seiten. Vor drei Wochen hatte eine zu mir gesagt, ich hätte einen tollen Arsch. Aber die war nicht mein Typ gewesen. Klein und blonde Locken.

Trotzdem hatte ich danach vor Freude zwei Stunden getanzt, ununterbrochen, bis meine Schuhe kaum noch Sohlen hatten und ich nicht mehr wusste, wie die Hauptstadt von Mauretanien heißt.

Der Neue klopfte. Er fahre jetzt, sagte er hinter der Tür, und ob er mich irgendwohin mitnehmen könne.

»Nee, nee«, antwortete ich. »Ja, okay.«

»Was denn jetzt, Sportsfreund?« Wegen dem blöden Wort *Sportsfreund* wollte ich ihm eigentlich sagen, er solle sich vom Acker machen, und zwar superplötzlich, doch dann überlegte ich es mir noch mal.

Die Fahrt dauerte zwanzig Minuten, war aber anstrengender als acht Stunden Rasen mähen. Der Neue gab sich richtig Mühe. Er wollte etwas von mir *erfahren*, mich *kennenlernen*. Er fragte, ob ich mein Leben *okay* fände. Und ob ich mal mit ihm zum Fußball? Also nicht, haha, zu solchen Verlierern wie Aachen. Sondern Gladbach! Oder zu den Stones, wenn die sich mal wieder in

Deutschland blicken ließen? Er kenne da einen, der könnte uns *backstage-cards* besorgen. Und ob ich Blondinen bevorzuge?

Ich dachte die ganze Zeit an das eklige Kondom in der Innentasche seiner Jacke. War ihm wohl noch nicht aufgefallen. Die Scheibenwischer seines BMW arbeiteten hervorragend. Anscheinend konnte der Neue Stille nicht gut ertragen. Er stellte das Radio laut. Schon wieder dieser Alice-Cooper-Song.

»Bist Kommunist, ne?«, sagte mein Chauffeur zum Abschied. »Find ich gut, ganz ehrlich. Bin ich nämlich eigentlich auch.«

In meinem Kommunismus hatte ich eine etwas dünnere Nase. Willy Brandt war Trauzeuge von Sonja und mir. Wenn ich Lust dazu hatte, beobachtete ich den Chef beim Rasenmähen. Ich pfiff ihn zu mir, nahm ihn nach allen Regeln der Kunst auseinander und faltete ihn dann wieder ordentlich zusammen. Alle Putzfrauen fuhren Mercedes. Die Beatles waren wieder zusammen. Yoko Ono, die Konopkas und der Musterungsarzt mussten den Rest ihres Lebens mit der Musik von Alice Cooper und den Büchern von Franz Kafka verbringen.

Die Luft roch harzig wie im Herbst. Das Gewitter hatte sich verzogen, es regnete nur noch leicht. Aus der hell erleuchteten Villa drangen Geplapper und Musik. Die halbfertige Trockenmauer hatte das Unwetter ohne Schaden überstanden. Der Rasen war allerdings nicht mehr zu retten, weil die Gäste ihn als Parkplatz nutzten. Tiefe Reifenspuren, Matsch. Im Swimmingpool Buchenblätter, zerfetzte Lampions, Luftballons und Zigarettenkippen.

Wie in Trance ging ich durch die offene Haustür aus Bronze. Ich ließ mich durch die Eingangshalle ins Wohnzimmer schieben, das doppelt so groß wie unsere ganze Wohnung war und trotzdem zu klein für den Andrang. Eine Serviererin reichte mir einen Cocktail. Ich kippte ihn runter und kriegte Gänsehaut auf den Zähnen, weil zu viel Zitronensaft drin gewesen war. Ich sah, wie zwei Gymnasiasten grinsend ihre brennende Zigarette in ein schwarzes Ledersofa drückten.

»Jeder Mensch hat die Chance zu sterben«, sagte jemand, der einen weißen Dandy-Anzug trug. Dann das unbeholfene aber frenetisch gefeierte Schlagzeugsolo von *In-A-Gadda-Da-Vida*. (Nur ganz schnell was zum Wort *frenetisch*. Das lateinische Adjektiv *phreneticus* bedeutet geisteskrank, wahnsinnig.)

Noch ein Cocktail, noch ein Sekt. Von Sonja keine Spur. Der Party-Service schleppte Lachs und jede Menge Zeug an, das ich noch nie gesehen hatte. Frau Aston hängte ein Gemälde ab, brachte irgendwelche körperbehindert aussehenden Kunstfiguren in Sicherheit. Am liebsten hätte ich ihr geholfen, aber ich wollte nicht den Musterknaben spielen. Später sah ich sie in ihrer Küche aus blitzendem Chrom sitzen. Sie weinte vor einem großen Glas Rotwein. Wimperntusche und Lippenstift waren so verwischt, dass sie ihrem Gesicht keinen Gefallen taten. Gut, dass Kroll sie so nicht sah.

Ich zwängte mich ziellos durch. Gelächter übertönte für ein paar Augenblicke das Dröhnen der Musik. Leute drängten zueinander, trieben wieder auseinander.

Sonja, in einem roten Kleid mit tiefem Ausschnitt, küsste sich mit einem Blonden, der gebaut war wie ein Leistungssportler. Fünfkampf, Zehnkampf. Er war mindestens Mitte zwanzig und drückte Sonja so fest an sich, dass sie davon Blutergüsse bekommen musste, Nierenquetschungen, aber sie strahlte tapfer. Sie hatte ihre Haare hochgesteckt und sah aus wie die Königin der Welt.

Der Party-Service war immer da, wenn man ihn brauchte. Der Disc-Jockey, der mit großen Kopfhörern vor zwei Plattenspielern und einem Mikrofon hockte, kündigte eine Schmusenummer an. Elastisch wie ein Grabstein tanzte ich mit mir zu *Me and Mrs. Jones*. Eine Rothaarige starrte mich an, als hätte ich Blut oder sonst was im Gesicht. Erschrocken wischte ich mir ein paar Tränen weg. Kein Wunder bei der verqualmten Luft, oder Sonjas Mutter hatte mich angesteckt mit ihrem Party-Blues. Ich sah nach ihr, aber sie war nicht mehr da. In der Küche stauten sich jetzt Typen, die aussahen, als müsste man auch sie zum Beischlaf zwingen. Sie stopften Gewürzgurken und belegte Baguettes in sich rein und lachten über ihre eigenen Witze. Diese Luschen würden nicht mal auf dem Straßenstrich eine abkriegen.

Jemand bot mir einen Joint an. Ich wollte nicht unhöflich sein. Husten und schon wieder Tränen waren die Folge. Und ein Lacherfolg. Auf einer kleinen Bühne schraubte einer mit Haaren bis zum Hintern an einem Schlagzeug herum. In einer Sitzecke stritten sich drei, welcher Bundesstaat der USA der kleinste sei. Zwei wetteten auf Vermont, ein Superhirn auf Delaware.

»Rhode Island«, sagte ich. »Von der Landfläche her nur unwesentlich größer als das Saarland. Mitglied der Vereinigten Staaten seit 1790.«

»Streber«, sagte einer. Die beiden anderen zuckten mit den Achseln und wandten sich ab.

Ich musste aufs Klo. Das war besetzt. Geräusche, als würden da *mehr* als zwei vögeln. »Oben sind auch noch Toiletten«, sagte ein Typ mit einem Frank-Zappa-Shirt. Schwankend stieg ich die Wendeltreppe hoch. Auf der ersten Etage stand eine Tür offen. Ich schaute in das Zimmer rein. Zwei Pflanzen wie aus dem Dschungel, ein Filmplakat mit Alain Delon und Schusswaffe. Ein großes, zerwühltes Bett. Auf dem Schreibtisch eine Autogrammkarte im Goldrahmen mit persönlichen Grüßen von Paul McCartney.

Ich sah Sonjas Schallplatten durch. Es waren nicht viele, ein paar Singles und vielleicht dreißig LPs. *Abbey Road* mit dem Zebrastreifen und den Beatles, Pink Floyd mit den Kühen vorne drauf. Die Stones-Platte mit dem Reißverschluss. Und dann, ganz weit hinten, abgeschoben, versteckt wie ein missglücktes Geschenk, die Scheibe mit den Kreidezeichnungen von Kindern. Die kannte ich auch. *Spiel nicht mit den Schmuddelkindern*, Protestsongs von Franz Josef Degenhardt.

Im zweiten Jahr auf der Berufsschule, Hilfsarbeiterklasse, bekamen wir einen Lehrer mit Bart und langen Haaren. Er bot uns an, ihn zu duzen und Bernd zu nennen.

Bernds Vorgänger war Herr Noske gewesen. Der hatte ein Jahr lang versucht, uns, wie er sagte, *ein bisschen Deutsch* beizubringen. Fast ausschließlich die Grammatik und hier die Beugung des Hilfsverbs *sein* in Verbindung mit den Adverbien *nie*, *nichts* und *etwas* hatte ihm am Herzen gelegen. Wir sollten uns folgendermaßen durch die Zeiten arbeiten: *Ich bin nichts. Ich war nichts. Ich werde nie etwas sein. Ich bin nie etwas gewesen. Ich war nie etwas gewesen. Ich werde nie etwas gewesen sein.*

Bis zum Futur 2 schafften wir es nie, oft war schon bei *Ich werde nie etwas sein* Endstation, weil Noske dann vollauf mit Eintragungen ins Klassenbuch und dem sinnlosen Verteilen von Strafarbeiten beschäftigt war, wobei ihm, wenn er einen guten Tag erwischt hatte, nichts Härteres als Käse- und Wurstbrote um die Ohren flogen. Es wurde geraucht und getrunken, übrigens keine Milch. Ede Winterscheidt, Dachdeckergehilfe, der schon gesessen hatte und zur Fremdenlegion wollte, erteilte kostenlosen, in der Regel unerwünschten Boxunterricht. In der letzen Reihe spielte einer auf der Luftgitarre ein Solo von Jimi Hendrix nach und jaulte dabei wie ein Kater während der Paarungszeit. Schuppe. Seinen richtigen Namen, Lothar Rau, kannte kaum einer. Mich nannten sie Roxy. Wegen der englischen Band Roxy Music, die ich gut fand und von der ich immer schwärmte. *Virginia Plain. Pyjamarama. Do the strand.*

Dann kam Bernd. In der ersten Stunde demonstrierte er uns seine Körperkräfte, ähnlich wie Wolf Larsen im Hörspiel *Der Seewolf* nach dem Roman von Jack London. Er schaffte es, das Lehrerpult hochzuheben. Mit einer Hand. Den Wandschrank und Fremdenlegionär in spe Winterscheidt stemmte er wie ein Eiskunstläufer seine mickrige Partnerin.

Eines Tages kam Bernd mit einem Plattenspieler an. Er legte eine Platte auf, sagte: »Nicht Deep Purple, aber hört euch das mal an.«

Der Sänger erzählte von der Ober- und der Unterstadt, von Kaninchenställen und roten Sportwagen, einem langweiligen Sonntag. Von einem, der nicht mehr in den Krieg ziehen will. Ein paar von uns pennten ein, andere spielten leise Skat. Vorne saß Bernd und hörte zu, wie selbstvergessen. Genau wie ich.

In Sonjas Zimmer roch es nach Orangen und Zitronen. Ich öffnete einen Schrank aus hellem Holz.

»Was machst *du* denn da?«

Es war Sonja, aber sie klang ganz fremd. Ich kriegte ein halbes Wort raus, dann brach meine Stimme.

»Pervers, der wühlt in meiner Wäsche rum!«

Der Blonde fackelte nicht lange. Er wollte Sonja wohl beweisen, was für ein großer Held und Beschützer er war. Er stieß und trat mich aus dem Zimmer und dann die Wendeltreppe runter. Er sagte kein Wort, zog und prügelte mich einfach durch die Schneise, die die anderen Partygäste amüsiert und wie auf Kommando bildeten, aus dem Haus. Dabei zerriss mein bestes Hemd.

Draußen bearbeitete mich Sonjas Freund weiter. Ich verlor das Gleichgewicht, stolperte über meine eigenen Füße und fiel in den Swimmingpool.

Während ich mit dem Wasser und meiner Benommenheit kämpfte, klärte Sonja die Zuschauer über das auf, was ich angeblich in ihrem Zimmer mit ihrer Unterwäsche angestellt hatte. Sie verriet auch meine Lese- und Schreibschwäche. Nachdem ich abgerutscht und wieder ins Wasser geplumpst war, schaffte ich es beim zweiten Versuch, dem Pool zu entkommen, weil Zippi auf einmal da war und mir half. Sie nannte Sonja eine bourgeoise Kuh und den Blonden einen Nazi. Sie bot mir an, mich nach Hause zu fahren. Ich lehnte ab, und zwar so heftig, dass es kein zweites Angebot gab.

Anfangs zur Belustigung aller ohne Orientierung, entfernte ich mich von der Baustelle. Irgendwann hörten die höhnischen Rufe und das Gelächter auf. Und dann nur noch das Geräusch von Regentropfen, die auf dem Boden aufschlugen.

Zweiter Teil

1

Vor über drei Monaten hatte Willy Brandt seinen letzten Staatsbesuch gemacht. Er war zurückgetreten, *gestolpert*, wie sie im Radio sagten, über einen DDR-Spion. Wenigstens war er nicht *gefallen.*

Meine Mutter, die sich sonst nie für Politik interessierte, hatte geweint, als die Nachricht kam. Sie hatte immer Willy gesagt, wenn von Brandt die Rede gewesen war.

Sein Nachfolger war so, wie er hieß: Schmidt. Er hatte keinen Vornamen und kein Lächeln. Wegen dem würde ich nicht zum Wahllokal gehen. Und noch einer, den ich nicht leiden konnte, versuchte sich in mein Leben einzumischen: Kafka aus Prag. Der Langweiler, der panische Angst vor nackten Frauen hatte.

Zippis Badetuch bedeckte kaum ihre Brüste und schon gar nicht das rotblonde Büschel zwischen ihren Beinen.

»Good morning, Baby«, zwitscherte sie wie die Monroe. »Wie war deine Nacht?«

Aus dem Bad quoll schwere, dampfige Luft, die nach Shampoo, Deo und Frauenlotionen roch. Zippi trat mir mit einem eindeutigen Blick entgegen, den Mund halb geöffnet, die Haare wild und nass. Ich schob mich schnell an ihr vorbei, als sei ich mit irgendwas Ansteckendem infiziert. Oder als hätte *sie* was, vor dem ich mich besser hüten sollte.

Der zweite August 1974 war ein Freitag, ein trüber, regnerischer Tag. Unfreundliche Augusttage waren nichts Neues in Deutschland. Während der Nazi-Olympiade 1936 in Berlin war es meistens kühl und nass gewesen.

Es war mein erster Tag bei der Tiefbaufirma Kamper & Co. Zippi hatte mir den Job verschafft, weil in meinem Portemonnaie nicht mehr viel los war.

Felix Kamper war Zippis Onkel. Eigentlich hätte ich lieber erst am Montag angefangen, aber die hatten Personalmangel, und ich wollte nicht gleich eine große Lippe riskieren, denn bei Kamper & Co. konnte ich ohne Steuerkarte arbeiten. Das war wichtig, weil ich untergetaucht war. Die Fahndung lief, sie waren hinter mir her.

»Wer hat denn *den* Spargel bestellt?«, fragte Hess, der Chef der Pflasterer-Kolonne. Hess meinte *mich*. Er trug einen grauen Cord-Anzug, auf Hochglanz polierte Arbeitsschuhe. Sein Lächeln gefiel meinem Magen nicht. Der kriegte Krämpfe davon.

Zu sechst fuhren wir in einem verstaubten VW-Bulli ins Stadtzentrum. Gesprochen wurde nicht viel, im Grunde nur geraucht. Ich hielt, so gut es ging, die Luft an.

Meine neue Arbeit war alles andere als kompliziert, aber das Gegenteil von einfach. Berge grauer und rötlicher Steine mussten von mir zu den Pflasterern bewegt werden. Hess warf mir ein Paar Handschuhe zu, zeigte auf eine Schubkarre, die doppelt soviel Ladefläche hatte wie die, die in der Landschaftsgestaltung üblich war. Arbeiterehre sei es, so Hess, die Karre so voll wie möglich zu laden und dann im Laufschritt zu Ort und Stelle zu bringen.

Ich beneidete die Passanten, sogar einen Rollstuhlfahrer. Über sie hatte Hess keine Befehlsgewalt. Sie konnten laufen und fahren, wohin sie wollten, und schienen sich deswegen nicht mal besonders zu freuen.

Ich kannte einen Plattenladen in der Nähe, da hätte ich jetzt gern mal nachgefragt, ob es was Neues von Roxy Music und Steely Dan gab. Der Inhaber hieß Kalle, er war dick und bärtig. Man musste sich bei ihm nicht rechtfertigen, wenn man was suchte, das nicht *progressiv* war. Und Kalle sagte auch nicht, wenn man ihn nach einer Bowie-LP fragte: »Steht unter B wie Bowie. Kannste nicht lesen, oder was?« Kalle sagte: »Kein Problem, Kollege. Hol ich dir.«

»He, träumst du? Was ist *das* denn für ein Mückenfurz?«

Hess betrachtete mit vernichtendem Blick meine erste Fuhre, die ich für total überladen hielt, und die sich auch so anfühlte.

»Student? Schwul? Hast du deine Tage? Oder alles zusammen?«

Meine neuen Kollegen lachten sich schief. Da hätte ich am liebsten abgedankt wie Willy Brandt.

Rico kannte bei uns im Viertel jeder. Er war Aushilfskellner, Gelegenheitsfriseur, Taxifahrer ohne Lizenz, nach eigener Aussage gelernter Seemann. Vor Monaten hatte ich ihn mit zwei bunten Köfferchen von Tür zu Tür gehen sehen und gehört, wie er angebliche Wundermittel anpries: gegen Erröten, Stottern, Durchfall, Kurzsichtigkeit, Impotenz. Für vollen Busen. Hauptsächlich hatte Rico vor dem Café Vaterland zu tun. Er stand da herum, lässig gebundene Krawatte, zwei Pfund Pomade im schwarzen Haar. Der Türbereich vor dem Café war sein Hafen, von dem aus er mit südländischem Zinnober Frauen jeden Alters anquatschte.

Das Café war laut meiner Mutter ein Tanzlokal für den *gepflegten Gast*. Dort ging sie, wenn sie alleinstehend war, an ihren freien Sonntagen mit Vorliebe auf die Suche.

Sie war offensichtlich mal wieder fündig geworden. Rico lag mit Straßenschuhen auf meinem Bett, las Zeitung und verqualmte mein Zimmer. An meinem Transistorradio hatte er sich auch vergangen. Es war nur Sendungen über historische Themen, Literatur und gute Musik gewöhnt, musste jetzt aber *And it's so funny funny what you do honey honey* spielen.

»Wieso ist der hier?«, schrie ich meine Mutter an. »Wieso verpestet der Arsch hier die Luft? Raus mit dem, aber sofort!«

Meine Mutter fasste sich an den Kopf.

»Lässt dich wochenlang nicht blicken, und kaum bist du da, brüllst du rum wie ein Irrer. Aber damit du's gleich weißt: Rico und ich lieben uns!«

»Genau«, sagte Rico aus bequemer Rücken- und Leselage heraus und schickte eine weitere Rauchwolke an die Decke meines Zimmers.

»Und diese Liebe lass ich mir von dir nicht kaputtmachen«, sagte meine Mutter.

Über uns applaudierten die Konopkas mit allerlei Gerätschaften.

»Genau«, sagte Rico und blätterte um.

»Da kann ich ja nur lachen«, sagte ich.

»Lachen ist gesund«, sagte meine Mutter. »Und wenn du fertig damit bist, verschwindest du am besten, bevor die Soldaten zurückkommen und dich holen.«

»Soldaten? Was für Soldaten?«

»Militärpolizei«, antwortete Rico und richtete sich auf. Theatralisch rollte er die Zeitung zusammen, drückte dramatisch seine Zigarette aus.

»Dreimal waren die schon hier. Bewaffnet! Zweimal Sonntagmorgens kurz vor sechs, einmal mitten in der Nacht. Letzten Montag oder Dienstag. Weil du dich vorm Bund gedrückt hast. Weil du ein Fahnenflüchtiger bist, ein Deserteur.«

Rico strich seinen schicken Anzug glatt. Ich hatte noch meine verschwitzten Arbeitssachen an. Alle Knochen taten mir weh, jeder Muskel schmerzte vom Kutschieren der Pflastersteine.

»Und dein Kollege von der Gartenfirma, der mit dem Hut, war auch hier«, sagte meine Mutter. »Hat gefragt, warum du nicht mehr zur Arbeit kommst.«

»Weil sie ihn da natürlich sofort schnappen würden«, sagte Rico schlau und steckte sich eine neue Zigarette in den Mundwinkel, zündete sie aber nicht an. »Weißt du eigentlich, was du deiner Mutter antust?«

So viel Mitgefühl war zu viel für meine Mutter. Sie fing an zu weinen und rief: »Weißt du eigentlich, was du mir antust?«

Die Konopkas gaben jetzt richtig Gas. Neuerdings hatten sie auch einen Hund als Verstärkung.

»Irgendwie brauch ich jetzt 'n Bier, Schatz«, sagte Rico.

»Ich bring dir eins, Schatz«, sagte meine Mutter schniefend.

»Ich bring dir eins, Schatz«, äffte ich sie nach.

Da schlug sie mir mitten ins Gesicht. Ich war so überrascht, dass ich fast umkippte. Ich riss die Wohnungstür auf, wollte sie mit einem Riesenknall zuschlagen. Da fiel mir mein Radio ein, und ich ging noch mal zurück und warf es in meine Reisetasche.

Im Treppenhaus roch es nach Seifenlauge und Freitagsfisch.

Meine Mutter spendierte mir noch einen Nachruf. »Brauchst dich hier nie mehr blicken zu lassen, hast du gehört!«

Draußen sah ich mich nach bewaffneten Verfolgern um. Leute gingen Hand in Hand, taten so, als sei nichts, standen vor einer Eisdiele. Das Meer auf einer Reklametafel, hellgrün und himmelblau, gedankenlos und frei. Daneben blätterten die Fußballweltmeister vom vergangenen Juli ab. Beckenbauer, Müller, Maier. Im Rinnstein Zeitungspapier. Ich konnte das Wort ABBA lesen.

Ziegelsteinmauern, hüpfende Busen. Jemand, der sagte: »Ich mach das alles nicht mehr mit.« Irgendwann merkte ich, dass ich gar nicht wusste, wohin ich ging. Ich befahl mir, wieder auf mein Kommando zu hören.

Die Schwimmhalle hatte schon lange ihre besten Tage hinter sich. Der Putz bröckelte, bis zur Unkenntlichkeit verblichene Wandfarben, zersprungene Fliesen. Dicke rostige tropfende Rohre, in denen es gluckerte und knackte. Wie immer hatte einer mit zu viel Chlor hantiert. Spinde wie in der Fabrik, die Trillerpfeife des Schwimmmeisters. Johlen, das Platschen der Springer vom Einmeterbrett beim Eintauchen. In der Umkleidekabine neben mir onanierte einer laut. Ich ging auf Zehenspitzen, weil ich keine Badelatschen dabei hatte. Ich sah, wie eine Frau ihre Füße besprühte. Als sie fertig war, trat ich auf das Pedal der Spenderbox, bis kaum noch was übrig war von dem Anti-Fußpilz-Zeug.

Ich duschte die Erinnerung an jeden einzelnen Pflasterstein weg, den ich hochgehoben und transportiert hatte, wusch mir das Geschrei meiner Mutter aus den Ohren. Ein Stück Seife und eine halbe Flasche Shampoo gingen dabei drauf. Ein alter Kerl mit starker Körperbehaarung außer auf dem Kopf starrte mich an, als hielte ich ihm einen Fünfhundertmarkschein hin. Plötzlich begann er, an sich rumzuspielen. Ich machte, dass ich wegkam. Meine Haut war sowieso ganz rot und brannte.

Nachdem ich mein lachsfarbenes Jackett und die schwarze Röhren-Jeans angezogen hatte, wusste ich nicht, wohin ich gehen sollte. Auf die Disko hatte ich keine Lust. Die Pflasterer hatten mich fertiggemacht, ich war total müde. Aber mein Bett war vergeben, Rico lag darauf, und aus meiner Luftmatratze war die Luft raus. Wegen Heinz-Gerd.

2

Heinz-Gerd war Zippis fester Freund. Er baute, wie sie das nannte, seinen Doktor an der Uni Marburg. Er war sieben Jahre älter als Zippi. Ich kannte ihn nur von einem Foto. Brille mit dicken Bügeln, komische Nase und viel Bart. Die Woche über forschte Heinz-Gerd im Nordhessischen. Aber von Freitagabend bis sonntags gegen fünf wohnte er bei Zippi, und da musste ich als Untermieter sehen, wo ich unterkam. Das hatten wir an dem Tag, an dem das Schreiben gekommen war, so abgemacht.

Überall in unserer Wohnung hatte es nach Parfüm gerochen. Meine Mutter war wieder tanzen gegangen. Vorher hatte sie noch Post für mich angenommen. Die lag auf dem Küchentisch. Ich sah dem Brief sofort an, dass es mit der Gemütlichkeit vorbei war. Blassblauer Umschlag, keine Briefmarke, sondern durch die Frankiermaschine gezogen, Schreibmaschinenbuchstaben wie mit der Faust geschlagen.

Ich fuhr mit dem Fahrrad zum *Toulouse.* Zippi war tatsächlich da, sie stand am Tresen zwischen zwei Kurzhaarigen, mit denen sie sich laut stritt. Ich winkte ihr linkisch zu, sie winkte vage zurück. Ich setzte mich auf einen Stuhl in der Nähe.

Zippi nannte die beiden Typen maoistische Spalter der Arbeiterklasse, Konterrevolutionäre und Agenten der CIA. Die ließen das nicht auf sich sitzen. Zippi und ihre Partei seien Arbeiterverräter und Sozialfaschisten. Ich nippte an meiner Cola. Der Glücksspielautomat hatte nichts zu tun, und auch die Musikbox und der Südländer am Zapfhahn langweilten sich. Irgendwann kam Zippi mit ihrer Kaffeetasse zu mir an den Tisch. Ihr orangegrünes T-Shirt sah furchtbar aus. »Na«, sagte sie. »Lange nicht gesehn.«

Wortlos schob ich ihr das Schreiben rüber. Sie machte keine ironische Bemerkung wie: »Schon wieder chronische Bindehautentzündung?« Sie las einfach drauflos.

»Der Wehrpflichtige Paul Weber hat sich am 1.7.1974 bis 18 Uhr beim 4. Panzergrenadierbataillon 191 in 4730 Ahlen 1, Hammer Straße 300, Westfalen-Kaserne, zum Diensteintritt zu stellen. Nach dem Standort Ahlen wird kein Sammeltransport gefahren. Sie müssen deshalb als Einzelreisender zu Ihrem Truppenteil anreisen. Für diese Fahrt erhalten Sie den beiliegenden Militärgutschein Nr. 3187130. Gegen Abgabe dieses Gutscheins stellt Ihnen die Bundesbahn…«

»Komm, Zippi, hör auf! Ich fahr da nicht hin. Von denen lass ich mir nicht noch mal die Eier zerquetschen.«

»Wie – die Eier zerquetschen?«

»Ach, egal. Ich will da einfach nicht hin.«

»Warum hast du denn nicht verweigert?«, fragte Zippi.

»Blöder Schreibkram.«

»Verstehe«, sagte sie wie eine mit Engelsgeduld ausgestattete Telefonseelsorgerin. »Wenn du willst, mach ich das für dich. Heute Abend noch. Allerdings schreib ich da was von Hitler und Vietnamkrieg rein. Und von der quälenden Stimme deines Gewissens. Denn das mit den Eiern – ehrlich gesagt, ich weiß nicht.«

Einer der Kurzhaarigen verabschiedete sich, indem er seine brennende Zigarette in Zippis Kaffeetasse warf. Der andere wollte anscheinend noch was sagen, winkte dann aber ab.

»Der Antrag auf Kriegsdienstverweigerung kommt natürlich zu spät«, sagte Zippi unbeeindruckt. »Wenn du nicht hinfährst, werden die dich suchen, Paul Weber. Wegen Fahnenflucht. Das ist nicht wie Schwarzfahren. Eine richtig fette Straftat ist das. Dafür kommst du in den Knast.«

»Ich tauche unter«, sagte ich leichthin wie die Typen, die ich aus den Nouvelle-Vague-Streifen kannte. Weißes Unterhemd, ewige Kippe im Mundwinkel, kaltblütig.

»Amsterdam«, sagte ich. »London.« Und etwas später: »Oder zur Hölle.«

Zippi lachte nicht. Sie sagte bloß: »Ich hab eine eigene Bude.

Und eine Luftmatratze. Die müsste allerdings geflickt werden. Und am Wochenende ist schlecht, das sag ich dir gleich. Da kommt leider mein Freund.«

»Leider?«, sagte ich.

»Aus deiner Sicht«, antwortete Zippi.

In Amsterdam, London und in der Hölle hingen bestimmt die Fahnen auf halbmast, weil ich mich für die Luftmatratze entschied und am ersten Juli mit drei Plastiktüten und einer Reisetasche in Zippis Zimmer einzog, das gleichzeitig Küche, Wohn- und Schlafzimmer war. Zippi schlief in einem altmodischen, dunkelbraunen Bett vom Trödelmarkt, ich daneben, aber deutlich tiefer und mit den Füßen unter dem Esstisch, einem Schnäppchen aus der Camping-Abteilung. Karl Marx und Rosa Luxemburg beobachteten uns. Ein enges Bad mit Dusche und Toilette gab es auch. Und einen Fernseher, dem man gut zureden musste. Die WM war in vollem Gange. Zippi, die sich genau wie ich nicht für Fußball interessierte, schwärmte immer noch vom Sieg der DDR gegen uns, die BRD. Sie hatte sich das Spiel in voller Länge angesehen und kannte den komischen Namen des Torschützen. Sparwasser.

Draußen war sowas wie Sommer. Zippi und ich waren Frühaufsteher. Um sieben Uhr dreißig begann der Unterricht. *Ara, Imi, Otto, Ute, Emil.* Dann *Oma, Opa, Mama, Papa.* Ich kam mir total saublöd vor, aber Zippi sagte, ich hätte Talent. Manchmal fummelte und knutschte sie ein bisschen an mir rum, obwohl es Heinz-Gerd gab. Ich fummelte und knutschte manchmal ein bisschen zurück, obwohl es Sonja gab.

Von zehn bis sechzehn Uhr arbeitete Zippi im Ernst-Thälmann-Buchladen. Ich machte dann Hausaufgaben, den Einkauf und den Haushalt. Hörte Radio. Lief auch bei Regen mit Sonnenbrille getarnt durch die Stadt. Kurz nach sechzehn Uhr sah Zippi in ihrem Briefkasten nach, ob sie einen Studienplatz in Marburg oder

Gießen bekommen hatte. Anschließend Essen. Zippi beschwerte sich, ich koche zu gut, sie nehme zu wie ein Hefekloß. Unterricht dann wieder von siebzehn Uhr dreißig bis neunzehn Uhr.

Montags und donnerstags war abends Schulung mit Kurt, Josef und Renate. Da wurde nicht gefummelt und wenig gelacht. Renate hatte immer Schnupfen und, so Zippi, was mit Josef, was sich beide aber nicht anmerken ließen. Kurt war aus Neuwied zugezogen und sagte gern: »Wir in Neuwied haben das aber völlig anders interpretiert, Genossinnen, Genossen.«

Am ersten Abend stellte Zippi mich als Deserteur und Hilfsarbeiter vor. Arbeiter hätte auch gereicht. Kurt forderte mich auf, meine Arbeitswelt zu beschreiben.

»Da gibt's nicht viel«, sagte ich. »Irgendwie anstrengend.«

Und dann rutschte mir raus, dass ich Willy Brandt gut fände, und da war erstmal Sendepause.

Nach ungefähr einem Lichtjahr, so kam es mir vor, sagte Kurt zu mir: »Interessant. Den Berufsverbote-Brandt findest du also toll.«

Und zu Zippi sagte er: »Hast du uns hier ein verwanztes U-Boot eingeschleust, Genossin?«

»Mit deinen ewigen Verschwörungstheorien gehst du mir so was von auf den Zeiger!«, antwortete Zippi laut. »Das Proletariat ist eben noch auf der Suche. Aber es ist auf dem Weg!«

Dann nahm sie mit uns das Buch *Staat und Revolution* durch. Wladimir Iljitsch Lenin hatte es zu Beginn des Revolutionsjahres 1917 geschrieben. Nach Marx – Lenin und Zippi zufolge – war der Staat das Produkt der Unversöhnlichkeit der Klassengegensätze. Der Staat entfremdete sich immer mehr von der bürgerlichen Gesellschaft und wurde dann in einer Revolution zerschlagen.

»Einer zwangsläufig gewalttätigen Revolution«, ergänzte der Neuwieder.

»Nicht unbedingt«, antwortete Zippi. »Ich berufe mich auf Rosa, die hat geschrieben, dass...«

Zippi berief sich ziemlich oft auf Rosa. Rosa Luxemburg. Kurt aus Neuwied schien auf eine ganz andere Farbe zu stehen.

»Um Gotteswillen, das ist doch naiv!«, rief er.

»*Um Gotteswillen?*«, fragte der schweigsame Josef spitz.

»Ja, sorry, ist mir so rausgerutscht«, sagte Kurt.

Woman, take me in your arms, rock your Baby.

»Kann mal einer das verdammte Radio ausschalten?«, sagte Renate verschnupft. »Dieser Dreck aus den Sklavenhalterstaaten passt ja nun wirklich überhaupt nicht hierhin, Genossin und Genossen.«

Ich fand die Nummer gar nicht so übel. Trotzdem machte ich den Sklaven und schaltete das Radio aus.

Bei einem meiner Stadtgänge traf ich Schuppe, den begnadeten Luftgitarristen und früheren Mitschüler in der Berufsschule.

»Na, Roxy«, sagte er. »Auch noch am Leben?«

»Na, Schuppe«, antwortete ich. »Bist du nicht beim Bund?«

Schuppe grinste.

»Plattfüße und was mit dem Rücken. Sauschade, wollte eigentlich zur Marine, U-Boot-Kommandant werden. *Yellow Submarine* ist mein Lieblingslied.«

Schuppe, dünn, fast mager, lachte, wie starke Raucher lachen.

»Wusstest du«, sagte ich, »dass im Amerikanischen Bürgerkrieg zum ersten Mal in der Weltgeschichte ein Kriegsschiff von einem U-Boot versenkt wurde? Die Südstaaten hatten…«

»Klar, weiß ich,« sagte Schuppe. »Ist in der Nacht des 17. Februar 1864 passiert, im Hafen von Charleston, South Carolina. Direkt am Atlantik. Das feindliche Schiff von der Union hieß CSS Hunley…«

»Jaja,« sagte ich ungeduldig und gelangweilt.

»Die Crew des U-Boots, neun Mann«, quatschte Schuppe hemmungslos weiter, »ging bei der Aktion allerdings selbst unter. Hab ich mal im Radio gehört.«

Und dann, ohne Übergang: »Willste den schönsten Busen der Welt sehn? Brustwarzen größer als'n Fünfmarkstück! Ich mach dir echt 'nen Superfreundschaftssparpreis!«

Ohne meine Antwort abzuwarten, zog Schuppe mich mit sich. Er redete in einem fort von einer Friseuse, die sich in ihrer Mittagspause zwischen eins und zwei auf ihrem Balkon oben ohne sonnte. Schuppe wohnte eine Etage darüber, die Wohnung hatte ebenfalls einen Balkon.

»Kapierste?«, rief er, den Kopf eingezogen und mit verschlagenem Grinsen. »Kapierste?«

Schuppe fragte einen Mann nach der Uhrzeit, trieb mich dann zu noch mehr Eile an. An einer Haltestelle zeigte er auf einen ankommenden Bus und sagte: »Die 25. Los, einsteigen!«

Es war die 52. Schuppe entschuldigte sich mit Augenproblemen. Bindehaut. Zurzeit sah er alles nur verschwommen.

»Kenn ich«, sagte ich und hätte ihn am liebsten umarmt vor lauter plötzlicher Zuneigung. Als die 25 kam, stieß er mich mit Kräften, die ich dem schmächtigen Hering nicht zugetraut hätte, am Fahrer vorbei in den hinteren Teil des Busses. Da hörte meine Zuneigung zu Schuppe schon wieder auf. Wenn mich ein Kontrolleur beim Schwarzfahren erwischte, wollte der meinen Ausweis sehen, und schon war ich in den Fängen der Strafverfolgung. Um mich von meinen düsteren Gedanken abzulenken, fragte ich: »Und das fällt der Friseuse nicht auf, dass sie beobachtet wird?«

»Klar fällt das der auf. Aber das macht die total scharf. Die fasst sich zwischen die Beine und so. Das ist 'ne Exhibitionistin der allerschlimmsten Sorte.«

Obwohl es viele freie Sitzplätze gab, blieben wir auf Schuppes Anweisung hin stehen.

»Im Leben musst du immer auf dem Sprung sein«, belehrte er mich.

Der Bus hielt. Aber es war nicht unsere Haltestelle, noch lange nicht, erfuhr ich und beobachtete ängstlich einen Mann, der zugestiegen war und wie ein Kontrolleur aussah. Aber der Mann hatte Schluckauf, und das passte nicht zu einem Kontrolleur.

»Und was machst du sonst so?«, fragte ich, um irgendwas zu sagen.

»Jede Menge«, antwortete Schuppe. »Alles freiberuflich. Läuft super!«

Er blickte sorgenvoll aus dem Busfenster zum Himmel, dessen Blau sich immer mehr in geschäftsschädigendes Grau verwandelte.

»Ohne Sonne keine Wonne«, sagte Schuppe traurig. »Aber wird schon.«

Endlich waren wir da. Der Bus hielt nur ein paar Meter von dem Haus entfernt, in dem Schuppe wohnte. Der Friseursalon war im Parterre, die Friseuse hatte ihre Bude im dritten Stock, darüber hauste Schuppe. Der Aufzug war defekt. Im Treppenhaus roch es nach Suppe und Hundefutter. Auf der ersten Etage Geschrei, auf der zweiten Gebrüll.

»Scheiß Asis«, sagte Schuppe entschuldigend. »Hab demnächst 'ne Hütte in Köln. Mit Domblick, vom Feinsten. Falls ich nicht doch in die Staaten auswandere.«

Im Wohnzimmer stand eine Figur, wie Kroll sie mal aus dem Sperrmüll gezogen hatte: eine Negerin mit Traumbusen und großen Lippen. Auf dem Balkon gab es einen Plastikstuhl, Taschentücher, Abfalleimer, Aschenbecher und eine Art Opernglas. Schuppe hatte an alles gedacht. Aber es regnete jetzt, und bei Regen sonnte sich die Friseuse anscheinend nicht.

»Bier?«, fragte Schuppe. Aus Höflichkeit und um bei dem Wetter ein Dach über dem Kopf zu haben, sagte ich ja. Schuppe ging zum Kühlschrank, öffnete die Flasche, hielt die Hand auf und sagte: »Für dich einsfuffzig. Sonst drei. Ist ja praktisch sowas wie'n Puff hier. Und da sind die Preise eben gesalzen.«

Es läutete. Schuppe stellte mir Alfons vor. Alfons roch nicht gut und zitterte ziemlich stark. Dass es regnete, hatte er anscheinend noch nicht mitbekommen.

»Isse da?«, fragte er und holte sein Portemonnaie raus. Bevor

Schuppe antworten konnte, kam schon wieder jemand. Die Wohnungstür wurde eher aufgetreten als aufgeschlossen.

»Scheiße, der Neue von meiner Alten«, rief Schuppe und blickte sich panisch nach einem Fluchtweg um. Aber da hätte nur Selbstmord geholfen, Sprung vom Balkon der vierten Etage. Alle anderen Auswege versperrte der King Kong, der sich Schuppe, Alfons und mir jetzt präsentierte.

»Ratte!«, sagte der Kerl und schlug in Schuppes Fresse, bis Blut spritzte. Schuppe fiel kerzengerade um. Alfons zitterte und winselte und hielt dem Schläger besänftigend sein Portemonnaie hin.

Als ich von meinem Ausflug zurückkam, ging es nicht um einen Schweinehund, sondern um ein Insekt. Einen ekligen Käfer.

Die Ferwantlung. Als Gregor Samsa eines Morgens aus unrugen Träumen erwarte fant er sich in seinem Bett zu einem ungeuren Ungezifer ferwandelt.

Die Buchstaben tanzten, verbogen und drehten sich, kriegten eine lange Nase und einen dicken Bauch, schnitten Grimassen, Fratzen, streckten mir die Zunge raus, waren schuld an dem Unwetter in meinem Kopf.

»Sieht doch gut aus«, sagte Zippi und legte eine Hand auf meinen rechten Oberschenkel. »Du machst echt Fortschritte, Paul.«

»Ich hasse Kafka«, sagte ich und warf den Kugelschreiber in die Ecke. »Kannst du nicht was anderes nehmen?«

»Für Fix und Foxi, Ara, Imi, Otto und Co. bist du nun wirklich schon zu weit«, antwortete Zippi. »Und Kafka ist nun mal einer der größten deutschsprachigen Schriftsteller. Für mich der allergrößte.«

Ich stöhnte auf. Eisern diktierte Zippi mir den nächsten Kafka-Satz.

3

Die Rollläden in der Villa waren heruntergelassen, nirgendwo Licht. Nur der Mond schien. Ich kletterte über das hohe Metalltor. In den Fugen der Trockenmauer hatten sich Blumen, Steingewächse und Unkraut eingenistet. Der Pool war mit einer Plastikplane abgedeckt, deren Ränder mit Steinen beschwert waren. Der Geruch nach frühem Herbst. Ein kreischiger Vogel konnte einfach nicht die Klappe halten. Zu meiner eigenen Überraschung stieß ich die Steine weg und entfernte die Plane. Ich zog mich aus und ließ mich ins kalte Wasser fallen. Der blaue Strandball war nicht da.

Plötzlich blendete mich das Licht einer Taschenlampe. Zwei große kurzhaarige Köter umkreisten den Pool, knurrten und bellten. Eine ältere Frau befahl mir, aus dem Wasser herauszukommen und das Schwimmbecken, wie sie es nannte, wieder abzudecken. Sie drohte mit der Polizei und den Hunden und erlaubte nicht, dass ich mich erst abtrocknete und anzog, bevor ich mit der Arbeit begann. Die Hunde bedrängten mich. Nackt und zaghaft fragte ich nach Sonja.

»In Amerika«, lautete die Antwort. »Und du, Bürschchen, im Gefängnis, wenn du dich hier noch einmal blicken lässt.«

Ich brauchte den Vollmond nicht, um das Grab zu finden. Ich war nicht zum ersten Mal hier. Neben protzigem Marmor mit Gold und Engeln ein billiges Holzkreuz mit Inschrift. Ich wusste, was da stand. Elisabeth Freifrau von Ginster.

»Wie lange liegst du schon im Bett?«, hatte ich sie gefragt, nachdem sie mir mal wieder eine Entschuldigung für die Schule geschrieben hatte. Die Pflegerin zischte und sagte, eine solche Frage gehöre sich nicht.

»Schon gut, Irmgard«, rief Frau von Ginster. »Haben Sie nicht dringend in der Küche zu tun?«

Dass Frau von Ginster was Besonderes war, merkte man schon

daran, mit wie viel Sorgfalt sie das Wort *Küche* aussprach. Ganz viel *ü* und das *ch* mit weit auseinander gezogenen Lippen. Meine Mutter, ich und alle anderen betonten das *ü* gar nicht, und das *ch* kam nicht vor. Wir sagten *Küsche*, ohne dass sich der Mund groß anstrengen musste.

Die Pflegerin ging murrend aus dem Zimmer. Frau von Ginster nahm ihren Hut ab, diesmal eine Kreation aus Rot und Türkis mit Pfauenfeder.

»Weißt du, Paulchen, ich habe meinen Bruder umgebracht«, sagte sie merkwürdig heiter und setzte ihren Hut wieder auf, rückte ihn zurecht. »Ich war ungefähr so alt wie du. Mein Bruder war neun Monate. Wir hatten einen Sonntagsausflug gemacht zu einem Wildparkgehege. Dressierte Adler, Rehe, die sich füttern ließen. Ein sonniger Tag Ende Mai. Stell dir vor, der Kaiser hat noch regiert!«

Frau von Ginster lachte, bis sie zu husten anfing. Der Husten erinnerte sie wohl an ihre Nikotinsucht. Sie langte in die oberste Schublade ihres Nachtschränkchens.

»Auf einer Schlüsselblumenwiese haben wir Picknick gemacht. Eine unserer Bediensteten, Else hieß die oder Elsa, hat serviert. Ich hatte nicht viel Hunger, und meine Eltern haben sich über eine Oper unterhalten, das war langweilig. Deshalb habe ich meinen Bruder herumgefahren mit dem Kinderwagen. Das war so ein Ding mit ganz großen Rädern, damals der letzte Schrei.«

Sie lachte wieder so komisch.

»Plötzlich habe ich meine Cousine Johanna gesehen, Johanna von Kalckreuth. Ich habe ihr zugewinkt, mit beiden Händen, und dann ist der Kinderwagen schon weg gewesen, weil da so ein starkes Gefälle war. Ich bin einfach stehengeblieben vor Schreck, bin nicht hinterhergelaufen, habe auch nicht geschrien. Ein Mann, dem dabei der Zylinder vom Kopf flog, hat noch versucht, den Wagen zum Stehen zu bringen, aber da ist der schon gegen einen Baum geknallt und umgekippt. Mein Bruder ist herausgefallen, mit dem Kopf auf einen Stein. Meine Mutter hat meinen Bruder noch lange an ihre Brust gedrückt, als wollte sie ihn stillen. Und ich stand einfach da. Ich stand und stand einfach da.«

Jetzt lachte sie nicht. Sie drückte bloß ihre Zigarette aus.

»Alle riefen nach einem Arzt. Zufällig war auch einer da. Der schüttelte den Kopf. Da hat meine Mutter geschrien, nur ein einziges Mal, aber der Schrei hat nie aufgehört, er ist seit sechzig Jahren in meinen Ohren. Und dann«, sagte Frau von Ginster, »bin ich umgekippt, weil meine Beine mich nicht mehr tragen wollten. Weil die plötzlich gelähmt waren. Und es immer noch sind«, sagte die Alte beinahe triumphierend.

Jetzt riss ich Gras, Löwenzahn, Schafgarbe und kleine Disteln aus, klaute dann von dem Angeber-Grab nebenan die schönsten Schnittblumen. Ich versprach Frau von Ginster, bei meinem nächsten Besuch Ginster auf ihrem Grab anzupflanzen. Nicht den gemeinen Deutschen, sondern edle Schmetterlingsblütler wie den Kugelginster, den Korsischen und den Montpellier-Ginster.

Vom Friedhof zum Autofriedhof. Der lag in der Gegend, wo früher kein Zigarettenautomat länger als acht Stunden gehangen hatte. Güterzüge polterten. Ich fand den Mercedes mit den weichen Liegesitzen nicht mehr, in dem ich wegen Heinz-Gerd am vergangenen Wochenende geschlafen hatte. Der Wagen war wohl inzwischen ausgeschlachtet worden und in der Schrottpresse gelandet. Ungefähr an der Stelle, wo er mal gestanden hatte, brannte jetzt ein Lagerfeuer. Zwei bärtige Typen saßen sich gegenüber und rauchten. Einer nannte mich Bruder und fragte mich, ob ich Kohle dabei hätte. In meiner Blödheit dachte ich zuerst an Kohle fürs Feuer, aber dann kapierte ich, was er meinte.

»Nur Kleingeld«, antwortete ich zögernd.

»Glaub ich dir nicht, feiner Pinkel«, sagte der andere und pfiff, bis ein mageres Mädchen gähnend aus einem zerbeulten Auto kroch.

»Los, zeig ihm deine Dinger, Joana.« Das Mädchen zog sofort sein T-Shirt hoch.

Ihre Titten waren kleiner als meine.

»Zwanzig Mark«, sagte sie und fing an, sich eine Zigarette zu drehen. »Dreißig ohne.«

»Das Weib kann ficken wie der Teufel«, sagte der Pfeifer.

Der andere warf ein Stück Holz ins Feuer, stocherte. Das Mädchen zeigte immer noch seine Gänsehaut und starrte in die flackernde Nacht, rüber zu den Schrottbergen.

»Schickes Jackett«, sagte der Feuermann. »Könnten wir in Zahlung nehmen.«

»Macht's gut, Brüder«, sagte ich und rannte mit schweren Beinen weg.

Vor einem Kino warteten viele Leute, die meisten so alt wie ich. Ein paar hüpften fröstelnd auf der Stelle. Unentschlossen blieb ich stehen. Ein Typ zeigte auf meine Reisetasche und fragte: »Hast du was dabei?«

»Is'n hier los?«, sagte ich.

»Lange Kinonacht, kannst du nicht lesen? Erst der Woodstock-Film, dann Cream live und zum Schluss Bowie.«

»Ja, jetzt hab ich's auch gelesen«, sagte ich.

»Und was ist mit dem Stoff?«

»Frag mal die Jungs da vorne,« antwortete ich und zeigte auf zwei Schlaghosenträger, die mit vereinten Kräften einen Kasten Bier schleppten. Ich versuchte, den Namen des Kinos zu lesen. Fünf blau und gelb flirrende Neonbuchstaben. DI-A-NA. Diana. Es funktionierte!

Die Doppeltür des Kinos wurde geöffnet. Gedränge, Rempeleien und Schreie. Jemand trat auf meinen linken Fuß, ein anderer hustete mir seinen Knoblauchatem ins Gesicht. Alle liefen am hilflosen Kartenabreißer vorbei.

Es war nicht die Filmnacht, die mich reizte, sondern die Unterkunft. Ich fand einen Platz in der zweiten Reihe. Schon bald hatten Kiffer und Kettenraucher die Luft verdorben. Jemand hinter mir schlug auf meinen Kopf und zerwühlte meine Frisur. Ich bekam die Hand zu fassen und drehte sie mit aller Kraft. Der, dem die Hand gehörte, brüllte wie ein Irrer. Das Licht ging aus, der große Vorhang bewegte sich.

Als die Musik anfing, sprangen alle auf, pfiffen, jubelten und applaudierten wie bei einem richtigen Konzert. Auf der Leinwand wälzten sich Hippies im Schlamm. Ich aß ein Wurstbrot, trank kalten Kaffee aus der Thermoskanne. Irgendwann schlief ich ein.

4

Montagmorgens kurz vor sieben baute sich Hess vor mir auf und verlieh seiner Hoffnung Ausdruck, dass ich es am Wochenende nicht zu toll mit den Weibern getrieben hätte. Motorenlärm dämpfte das Lachen der anderen.

»Na, Herbert, Große Heeresinspektion?«, sagte ein ungefähr fünfzigjähriger braungebrannter Mann mit Bürstenhaarschnitt und grauem Dreitagebart. Schmales rotes Halstuch. Er hätte auch Meeresforscher oder Künstler sein können.

»Muss dir leider deinen Gefreiten entführen«, fuhr er fort. »Befehl von ganz oben.«

Er hieß Fritz, war Schachtmeister und Chauffeur eines verbeulten Fords. So einen wie ihn hatte ich mir immer als Vater gewünscht. Fritz stellte mir einen Schaufler und einen dicken Baggerfahrer vor, die auf dem Rücksitz saßen. Ich sei jetzt auch Schaufler, erfuhr ich, und dass der Baggerfahrer Vater geworden war. Vater eines Sonntagskinds!

Die Baustelle lag in einem Neubaugebiet in Nähe der Autobahn. Wir waren für die Verlegung der Kanalisation zuständig. In der Nähe entluden Kräne Lkws, Betonmischer rumorten, das Hämmern der Zimmermänner.

Fritz sagte: »Keine Ahnung, was Herbert Hess gerade für Rekordversuche veranstaltet, aber wir arbeiten uns jetzt durch den Sportteil, und dann feiern wir Willis Töchterlein. Was dagegen, Paul?«

Zippi musste ihren Onkel angerufen und um meine Versetzung in den einstweiligen Ruhestand gebeten haben. Bierflaschen wurden skalpiert. Willi kletterte in die Kabine des Baggers, aber nur, um seine Sonnenbrille zu holen. Dann verdrückte er Brötchen mit Schinkenwurst und Gürkchen. Max, der andere Schaufler, und der Schachtmeister erzählten sich ein Fußballspiel, bei dem sie beide am Wochenende gewesen waren. Die Frauen, deren Fotos im Bauwagen hingen, trugen alle keinen Büstenhalter.

Die Bierpfützen auf dem Tisch schlossen sich allmählich zu einem Teich zusammen. Max war dafür nicht verantwortlich. Er nippte an seinem Kamillentee. Wegen der starken Tabletten, die er nehmen musste, durfte er keinen Alkohol trinken. Zu hoher Blutdruck, außerdem Magen und Galle.

Der Baggerfahrer öffnete drei neue Flaschen Bier.

»Und wie soll das Kindchen heißen?«, fragte Fritz.

»Vicky. Wie die Schlagersängerin Vicky Leandros.«

Fritz scheuchte eine Wespe weg.

»Also, wenn du mich fragst«, sagte er, »überlegt euch das noch mal. Macht das Mädel nicht unglücklich. Wenn später auf dem Schulhof und in der Diskothek alle nach Ficki rufen…«

Willi nickte und verzog enttäuscht den Mund.

»Jutta«, sagte Max. »Jutta wär doch schön.«

»Tante Jutta aus Kalkutta – nää, nie im Leben!«, rief Fritz.

Draußen flimmerte die Luft wie in dem mexikanischen Revolutionsstreifen mit deutschen Untertiteln, den ich neulich spätabends im Dritten Programm gesehen hatte.

»Fritz, wie heißt eigentlich deine Frau?«, fragte der Baggerfahrer.

»Geht dich nichts an.«

»Victoria«, rief Max lachend. »Fick-toria!«

»Dreckiges Arschloch!«, sagte Fritz gefährlich leise und schlug wütend mit seiner Bierflasche auf den Tisch, dass es schäumte. »Du meldest dich morgen früh bei Herbert Hess, damit du mal arbeiten lernst.«

Ohrenbetäubende Stille.

»Fritz, das halt ich nicht aus beim Hess«, sagte Max weinerlich. »Mit dem Blutdruck und allem und meinen Dreiundsechzig.«

Fritz griff nach einer neuen Flasche Bier, öffnete sie. Er trank viel und glucksend, wischte sich lange den Mund ab. Dann erhob er sich, ging zu einer Holzkiste, holte vier Schnapsgläser und eine grüne Flasche heraus. Und fing an zu lachen, schallend, wiehernd, dabei hielt er sich den Bauch.

Erst steckte er den Baggerfahrer damit an, dann mich, zuletzt auch Max.

Fritz schenkte im Stehen jedem ein, auch dem Schaufler mit seinen Tabletten.

»Kulturschande«, sagte der Schachtmeister, »diesen edlen Cognac aus 'nem erbärmlichen Schnapsglas saufen zu müssen. Aber so ist es nun mal. Auf Willis Tochter. Ex!«

Alle gehorchten.

»Und nun, liebe Kollegen«, sagte Fritz und rieb sich die Hände, »wollen wir hören, welchen Namen unser Neuling vorschlägt. Paul, du bist dran! Sag aber nicht Paula, den Tipp geb ich dir, sonst gibt's was hinter die Löffel.«

»Sonja«, sagte ich sofort. »Sonja!«

Willi rieb sich skeptisch die Nase, Max rümpfte sie. Als hätte ich Erika, Adelheid, Brunhilde, Ingeborg oder Mathilde gesagt. Fritz fasste sich an sein rotes Halstuch.

»Sonja«, sagte er und ließ sich den Namen auf der Zunge zergehen wie ein Gourmet eine Scheibe Trüffel. »Sonja. Klingt nordisch frisch. Sehr weiblich. Verdammt noch mal, das ist es!«

»Verdammt noch mal, das ist es«, sagte Willi irgendwie traurig.

»Max?«, fragte Fritz mit Zeigefinger rechts und Fingerschnippen links.

»Schöner Name, Fritz, wunderschöner Name! Richtig sexy, wie man heutzutage sagt.«

Max sprach das Wort *sexy* mit einem weichen S aus wie bei saufen. Fritz füllte die Schnapsgläser wieder für alle bis zum Rand, ohne einen Tropfen zu verschütten.

»Und jetzt erheben wir unser Glas auf den Namensgeber. Auf unseren Paul. Und auf mich. Ich werde nämlich Pate. Ex!«

Schien irgendwie mein Glückstag zu sein. Eine neue Sonja. Und morgens hatte mir Zippi gesagt, dass Heinz-Gerd an den nächsten Wochenenden in Marburg bleiben würde, dringende Forschungsarbeiten.

Max stolperte aus dem Bauwagen. Er musste sich übergeben. Auch ich fühlte mich wie auf einem Karussell, das sich immer schneller drehte. Der Baggerfahrer sagte, er habe zwar seinem besten Freund zugesagt, Pate zu werden, aber das werde er wieder absagen. Fritz wischte sich zufrieden mit dem Ärmel seiner Arbeitsjacke den Bierschaum vom Mund. Draußen kämpfte Max mit seinem empfindlichen Magen.

»Letzten Freitag«, sagte Fritz, »hab ich wie immer meinen Lottoschein abgegeben. Vor mir war einer dran, der war garantiert fünfundachtzig. Stock, Zittern, kurzer Atem. Das muss man sich mal vorstellen. Soviel Optimismus!«

Der Baggerfahrer rülpste. Ich hielt mich mit beiden Händen am Tisch fest, damit ich nicht vom Karussell flog. Max kam wieder rein, stöhnte und sagte: »Scheiße, das Leben macht keinen Spaß mehr.«

»Dummes Geschwätz,«, sagte Fritz und erzählte die Geschichte vom uralten Lottospieler noch mal.

Max nickte und sagte: »Hast recht, Fritz. Die Dummen sterben nicht aus.«

»Das sieht man an dir,«, sagte Fritz. »Zu dämlich, um das mit dem Optimismus zu kapieren.«

Mit einer wegwerfenden Handbewegung wandte er sich von Max ab und mir zu.

»Komm, Paul, erzähl uns mal was von dir. Was Spannendes.«

»Naja, spannend, weiß nicht«, sagte ich und fing an, wirr von meiner Fahnenflucht zu erzählen.

Stunden später, als das Karussell endlich stillstand und sich Tabletten um meine Kopfschmerzen kümmerten, hakte sich Zippi bei mir ein, was das Gehen beträchtlich erschwerte. Außerdem nahm sie mir damit die Chance, von anderen Frauen angesprochen zu werden. Zippi zog mich ins Stadtzentrum, dabei quasselte sie über die portugiesische Revolution und die chilenische Konterrevolution. Aber die Tabletten wirkten schnell, und meine Laune besserte sich. Ich las laut und manchmal ohne zu stottern die Namen der Geschäfte, die uns in die Quere kamen, Schlagzeilen am Kiosk, Werbung auf Litfasssäulen. Als ich merkte, dass aus meiner kindlichen Freude kindisches Getue und aus Zippis Lächeln eine Routineangelegenheit geworden war, hielt ich endlich den Mund.

Zippi räusperte sich und sagte: »Ich will mir einen BH kaufen. Hatte noch nie so ein Ding. So ein Folterinstrument. Unterdrückungsfummel.«

»Warum willst du dir dann einen kaufen?«

Lange Pause.

»Findest du mich attraktiv?«, sagte Zippi.

»Warum fragst du?«

»Danke für deine ehrliche Antwort«, sagte Zippi. »Heinz-Gerd hat mittlerweile auch so seine Zweifel. Es – klappt nicht richtig zwischen uns. Daumen nach unten, um es mal so zu sagen.«

Es sah nach Regen aus. Ein Bettler sang *Blowin' in the wind.*

»Ich find dich schon attraktiv«, sagte ich.

»Ja klar. Sexbombe! Nur komisch, dass du abends immer so lange im Badezimmer bleibst. Damit ich schon eingeschlafen bin, wenn du dich auf die verdammte Luftmatratze legst. Was treibst du eigentlich die ganze Zeit im Bad? Yoga? Oder erzählst du der Klobrille dein Leben?«

»Weiß nicht. So Körperpflege halt.«

»Auf die Idee, deinen gepflegten Körper mal kurz in meinem Bett zu präsentieren, bist du in all den Wochen nicht gekommen.«

»Aber du bist doch mit Heinz-Gerd zusammen«, sagte ich. »Und was hat das bitte mit BHs zu tun?«

Zippi lächelte bitter.

»Hab in so einer blöden Frauenzeitschrift gelesen, dass viele Kerle scharf werden beim Anblick von Dessous. Vielleicht gehört

Heinz-Gerd ja auch dazu. Aber es graut mir davor, in so einen Laden zu gehen.«

»Soll ich mitkommen?«, fragte ich.

Die Verkäuferin, eine stark geschminkte und parfümierte Frau mit eher kleinem Busen, sprach von Brustumfang und Unterbrustweite. Sie hatte ein Maßband dabei zur Bestimmung der Körbchengröße und fragte, ob Zippi gerade ihre Menstruation habe. Verwirrt schaute Zippi mich an. Ich war völlig überfragt und außerdem froh, keine Frau zu sein.

»Während der Menstruation können sich Größe und Form des Busens ändern«, sagte die Verkäuferin. »Wussten Sie das nicht? Das muss Ihnen doch schon aufgefallen sein.«

Die Verkäuferin blickte jetzt auch mich strafend an, als hätte ich eine Mitschuld an dem ganzen Nichtwissen und Nichtauffallen.

Wir waren mit Absicht nicht in ein Fachgeschäft gegangen, sondern zur Miederwarenabteilung vom Kaufhof. Zippi hatte gemeint, in dem Riesenkaufhaus ginge es anonym zu.

»Messen wir erst mal«, sagte die Verkäuferin gnadenlos und schob den Vorhang einer Umkleidekabine zurück. Zippi folgte ihr wie eine Schlafwandlerin. Der Vorhang wurde mit einer energischen Bewegung zugezogen.

Eine ältere Kundin starrte mich an wie einen Spanner auf der Damentoilette.

»Luft anhalten!«, hörte ich die Verkäuferin kommandieren.

Eine Lautsprecherdurchsage machte darauf aufmerksam, dass in fünfzehn Minuten Ladenschluss sei. Ich betrachtete ein weißes Etwas, ein schwarzes Nichts, und stellte fest, dass ich zu denen gehörte, über die in Zippis Frauenzeitschrift geschrieben worden war. Vor fleischfarbenen Großmuttermodellen verschloss ich aber die Augen, um keine bleibenden Schäden davonzutragen.

Ratsch! Der Vorhang der Umkleidekabine wurde mit viel Elan beiseite gezogen.

»Von Spaghettiträgern würde ich bei ihrer mittelschweren Brust abraten«, sagte die Verkäuferin und klärte über Belastungen der Nacken- und Rückenmuskulatur auf. Sie warnte auch vor langfristigen Schäden. Zippi sah ziemlich verloren aus.

»Nichts überstürzen«, sagte ich und legte den Arm um sie. So gingen wir gemeinsam die lange Strecke bis zur Rolltreppe.

5

Auf dem Weg zur Verhandlung, die um zehn Uhr begann, sah ich meine Mutter. Sie hatte sich ihren Traum erfüllt. Der Mercedes 190 SL war schwarz und hatte rote Sitze, das Verdeck des Zweisitzers war offen. Meine Mutter trug ein Kopftuch wie Nadja Tiller in ihrer Hauptrolle und ein buntes Sommerkleid. Sie sah ernst und stolz aus. Zehntausend Überstunden hatten sie nicht gebeugt. Sie hätte die Frau eines erfolgreichen Architekten oder Chirurgen sein können.

Obwohl sie die Führerscheinprüfung bestanden hatte, saß sie auf dem Beifahrersitz. Hinter dem Lenkrad hatte Rico Platz genommen. Zigarette im Mund, weiße Handschuhe. Eine Hand am Steuer, mit der anderen suchte er einen Radiosender. Die Ampel zeigte Grün, Rico ließ den Motor aufheulen und schoss davon.

Ich ging weiter, wie benebelt, Richtung Behördenhochhaus. An der nächsten roten Fußgängerampel fiel mir ein, dass ich das Vorladungsschreiben vergessen hatte, auf dem die Zimmernummer stand. Vierte Etage, mehr wusste ich nicht mehr. An die richtigen Antworten auf mögliche Fragen bei der Gewissensprüfung, die Zippi mit mir trainiert hatte, konnte ich mich auch nicht mehr erinnern. *Was würden Sie tun, wenn Sie nachts im Wald mit Ihrer Mutter, Ihrer kleinen Schwester und Ihrer Freundin spazieren gehen und drei Vergewaltiger fallen über die Frauen her? Und Sie haben zufällig eine schussbereite Waffe dabei?*

Als ich auf der vierten Etage aus dem Aufzug stieg, war ich sofort eine Sorge los. Die Frage nach der Zimmernummer erübrigte sich. Ungefähr in der Mitte des Flurs hatten sich zwei Uniformierte aufgebaut. Pistolentasche, Armbinde mit Aufschrift, leuchtend rotes Barett. Sie schauten mich an, starrten dann aber wieder gleichgültig die Wand gegenüber an. Sie schienen mich nicht für den zu halten, hinter dem sie her waren. Sie rechneten wohl nicht mit einem glattrasierten Gesicht, kurzen Haaren, lachsfarbenem Jackett und geputzten Schuhen. Ich setzte mich auf einen orangenen Plastikstuhl. Mein Herz schlug. Draußen schien die Sonne.

»Gestern Abend den Film mit den UFOs gesehen?«, fragte der eine Feldjäger den anderen, ohne den Gefragten anzusehen.

»Nee. Du?«

»Nö.«

Ich hätte jetzt doch gern Zippi dabeigehabt. Es war ein Fehler gewesen, ihr Angebot abzulehnen, mich zu begleiten. Es hätte mich abgelenkt, ein bisschen beruhigt, wenn sie mir von der letzten Sitzung des Chile-Solidaritätskomitees erzählt hätte.

Ich machte in letzter Zeit viele Fehler. Mein größter war, im Bauwagen von meiner Fahnenflucht zu erzählen. Fritz hatte sich mein besoffenes Gestammel in aller Ruhe angehört, einmal lachte er sogar, als ich von meinen Heinz-Gerd-Wochenenden berichtete. Als ich mit der Geschichte fertig war, nippte Max mit grünem Gesicht an seinem Kamillentee, der Baggerfahrer biss abwechselnd in ein hartgekochtes Ei und ein Stück Schinkenwurst, beides mit viel Senf aus der Tube veredelt. Ich schlug nach einer lästigen Fliege, verfehlte sie meilenweit. Fritz sammelte die Schnapsgläser ein, wischte sie mit einem Stofffetzen sauber.

»Ja, so ist das,« sagte der Baggerfahrer und hielt sich den vollen Bauch. Während er Cognacflasche und Gläser in der Holzkiste verstaute, sagte Fritz, ohne die Stimme zu erheben: »Schade, dass es bei uns zurzeit keine standrechtlichen Erschießungen für Deserteure gibt. Ich würde mich auf der Stelle freiwillig melden.«

Die Fliege. Sonst war es still. Das Flimmern draußen. Max wischte sich den Schweiß von der Stirn, betrachtete, merkwürdig geduckt, seine Handrücken.

»Ein Witz«, sagte der Baggerfahrer und begann zu lachen. Ich lachte aus Arbeitersolidarität ein bisschen mit, Max hielt sich raus. Auf ein heftiges Zeichen von Fritz beendeten wir abrupt unsere falsche Heiterkeit.

»Dreißig Sekunden«, sagte der Schachtmeister leise, »dann bist du hier weg, Paul. Sonst brech ich dir alle Knochen. Kein Witz!«

Ich wusste nicht warum, aber dass er mich immer noch mit Vornamen anredete, tat mir besonders weh. Fritz sah auf seine Armbanduhr.

»Zeit läuft.«

Die Verhandlung fing pünktlich an. Die Krawatte des Vorsitzenden war grau mit blauen Punkten. Die Beisitzer rechts und links neben ihm waren Fliegenträger. Die Beisitzerin rechts außen war wie alle außer mir um die sechzig und hatte einen dünnen bunten Schal um ihren Hals gewickelt. Sie kramte in einer silberfarbenen Handtasche.

Der Vorsitzende hatte die Verhandlung kaum eröffnet, da bat die Frau per Handzeichen ums Wort. Verwundert nickte ihr der Vorsitzende zu.

»Wie ich der Akte des Herrn Weber entnehme«, sagte sie, »hat sich der junge Mann der Einberufung zum ersten Siebten dieses Jahres durch Nichterscheinen entzogen…«

»Nichterscheinen ist gut«, sagte der Vorsitzende und lächelte gereizt. »Auch unter Nichtjuristen nennt man diese Straftat Fahnenflucht, verehrte Frau Beisitzerin.«

»Meinetwegen. Der hier anwesende Paul Weber hat sich der Einberufung durch Fahnenflucht entzogen und riskiert damit eine nicht unbeträchtliche Haftstrafe, nicht wahr? Damit beweist er aber gleichzeitig die Ernsthaftigkeit seiner Gewissensentscheidung gegen den Dienst mit der Waffe in einem Maße, die meines Erachtens keinen Zweifel unsererseits zulässt. Ich bitte deshalb um Beschlussfassung im Sinne des Antragstellers und Schließung der Verhandlung. So könnte auch der furchtbare martialische Aufmarsch draußen vor der Tür am schnellsten beendet werden.«

»Nanana«, rief einer der Fliegenträger, der andere sagte: »Moment mal, Moment, junge Frau«, und der Vorsitzende blickte hilfesuchend zur Zimmerdecke, bevor er die Beisitzerin belehrte, das von ihr vorgeschlagene Prozedere, wie er sich ausdrückte, verstoße elementar gegen die Verfahrensordnung und sei deshalb abzulehnen. Im Übrigen rüge er aufs schärfste den Ausdruck *furchtbarer martialischer Aufmarsch*.

»Wir sind hier nicht in Russland, Rotchina oder in der Ostzone. Die Soldaten da draußen tun ihre demokratische Pflicht. Sie werden den Angeklagten, äh, Antragsteller, ganz legal in Gewahrsam nehmen, falls wir zu der Überzeugung gelangen sollten, dass bei ihm keine ernstzunehmende Gewissensentscheidung vorliegt.«

Mit einem herrischen »Jetzt nicht!« verhinderte der Vorsitzende eine weitere Wortmeldung der Beisitzerin.

Er zeigte auf mich und wollte wissen, warum ich erst nach Erhalt des Einberufungsbescheids mein Gewissen entdeckt und einen Antrag auf Kriegsdienstverweigerung gestellt habe.

»Weil da plötzlich so UFOs waren«, antwortete ich. »Überall!«

»UFOs? Habe ich Sie richtig verstanden? UFOs?«

»Von Gott gesandte UFOs. Und da war eine Stimme.«

»Eine Stimme? Und was sagte diese – Stimme?«

»Ich bin der Herr, dein Gott. Hör zu, Paul Weber, du sollst nicht töten! Hast du mich verstanden, mein Freund? Verweigere! Aber dalli! Sonst ewige Hölle!«

»Nein, wirklich?«, sagte der Vorsitzende weniger streng als zuvor, fast heiter.

»Ja, ich schwöre beim Leben meiner Mutter, genau so war's«, sagte ich. »Und gegen Gott kommt keiner an. Ich nicht, die Russen und Rotchinesen nicht, und die Ostzone schon gar nicht.«

Die Beisitzerin starrte mich an, als hätte ich versucht, ihre Handtasche zu klauen. Einer der Fliegenträger nieste in ein großes Stofftaschentuch mit Blümchenmuster.

Während zur Feier des Tages Feine Gemüsesuppe mit Hähnchenbrusteinlage gereicht wurde, erzählte Zippi von ihrem letzten Schultag Ende Mai.

»Eine knappe Mehrheit von uns hatte gegen den üblichen Abi-Ball gestimmt. Staatstragende Reden in der Aula, stolze Eltern, Schulorchester, das Beethoven und gnädigerweise *Yesterday* spielt. Bourgeoiser Dreck halt. Krampf. Wegen der Abstimmung waren der Direktor und die meisten Lehrer total sauer. Hausverbot haben die uns erteilt. Der Hausmeister in seinem grauen Kittel hat uns die Abiturzeugnisse auf der Straße überreicht, zwischen ALDI und Eckkneipe. Toll, oder?«

Zippi lächelte stolz.

»Sonja war natürlich *für* den Abi-Ball. Sie hat sich furchtbar aufgeregt, weil sie und ihre Mami sich schon teure Ballkleider gekauft hatten. Hat geheult vor Wut, die feine Lady.«

Zippi sah mich forschend an. Ich prostete ihr zu und versuchte, mild und gelassen zu wirken wie jemand, der schon lange über etwas hinweg ist.

Wir saßen uns an einem Tisch mit weißer Decke und Stoffservietten gegenüber, tranken Sekt und löffelten Vorsuppe. Zippi war kaum wiederzuerkennen, sie machte mich richtig befangen. Lippenstift, Parfüm, kurzes Kleid. Schuhe mit hohen Absätzen, nicht diese Latschen und Treter. Frauenstrümpfe, keine Baumwollsocken.

Zippi hatte auch etwas zu feiern, einen Studienplatz, aber *ich* hatte sie eingeladen, als kleinen Dank für alles.

Gedämpfte Gespräche um uns herum. Schmucke Damen, gebügelte Herren. Kerzenlicht und Bilderrahmen, die interessanter als die Bilder waren. Leise Hammond-Orgel vom Band.

»Hoffentlich sieht mich hier keiner, der mich politisch kennt«, sagte Zippi und lachte. Ein Kellner schenkte Sekt nach. Ich hatte dem Kerl schon zweimal gesagt, dass ich das gern selbst machen würde, aber er hörte nicht auf mich. Der Hauptgang wurde auf einem silbernen Servierwagen vorgefahren.

»Nun?«, sagte Zippi.

»Was – nun?«

»Dein Vortrag zum Chateaubriand. Etymologie, zeithistorische und psychosoziologische Fakten unter besonderer Berücksichtigung von was weiß ich. Sport, Wetter, Stellung 69. Nicht zu vergessen ernährungskritische Anmerkungen und den Panama-Kanal.«

»Tut mir leid, keine Ahnung. Haben sie im Radio nichts drüber gebracht.«

Wir aßen. Zippis Sektglas zitterte, wenn sie trank. Sie benutzte oft ihre Serviette, verwischter Lippenstift an ihrem Kinn. Jetzt leichte Klassik statt Orgel.

»Helf dir gern beim Umzug nach Marburg«, sagte ich nach langem Schweigen.

Zippi schüttelte den Kopf.

»Marburg ist gestorben. Ich hab einen Platz in Köln bekommen.«

»Mist«, sagte ich. »Du wolltest doch mit Heinz-Gerd zusammenwohnen.«

»Überhaupt kein Mist«, sagte Zippi. »Köln ist klasse! Und Heinz-Gerd und ich haben uns getrennt. Das heißt, Schluss gemacht hab *ich*.«

Zippi streifte ihre Schuhe ab, berührte mich mit einem Fuß am Knie.

»Dann helf ich dir eben beim Umzug nach Köln«, sagte ich und rückte meinen Stuhl ein Stück zurück. Zippis Fuß fand keinen Halt mehr.

»Ich bleib erst mal hier wohnen«, sagte sie. »Ich fahr mit dem Zug zur Uni. Das heißt, du kannst bei mir wohnen bleiben.«

Schreckliche Pause. Ich stopfte Essen in mich hinein, das wie Sägemehl schmeckte.

»Natürlich nur, wenn du willst, Paul.«

Der Kellner wollte nachfüllen, aber ich legte meine Hand aufs Glas. Zippi wollte mehr.

»Ich hab mir übrigens jetzt doch einen BH gekauft«, sagte sie. »Aber nicht für Heinz-Gerd. Und die Tante in dem Laden hat mir auch noch Slips, Strapse und Strümpfe angedreht. Weiß gar nicht, wovon ich die September-Miete zahlen soll.«

»Kann dir was leihen«, sagte ich.

Zippi nahm einen Zahnstocher, zerbrach ihn.

»Willst du dir vielleicht meine neue Unterwäsche mal ansehn, irgendwann?«

»Mal sehn«, antwortete ich.

Zippi fing an zu weinen, anfangs noch leise. Das Räuspern des Kellners. Immer mehr von den anderen Gästen schauten zu uns rüber. Unser Essen wurde kalt.

Dritter Teil

1

Es läutete viermal kurz hintereinander. Mein ungeduldiger Mitbewohner hatte mal wieder seine Schlüssel vergessen oder verloren. Ich öffnete ein Fenster und rief vom zweiten Stock runter: »Bin nicht da.«

»Gut, dass ich nicht gekommen bin«, rief Schuppe zurück.

Ich war ein bisschen stolz auf meine Ohren, die seine Antwort verstanden hatten. Wir wohnten direkt an der Stadtautobahn. Früher war hier die Straßenbahn vorbeigefahren, aber die hatten sie mit großem Hurra abgeschafft.

Vergangenes Wochenende war die Rennstrecke von Verkehrsminister und Oberbürgermeister eröffnet worden, mit feierlichem Scherenschnitt, dazu Luftballons und eine in den Stadtfarben gekleidete Dixieland-Kapelle. Bevor Vollgas Trumpf war, durften Fußgänger, Radfahrer und Reiter zwei Stunden lang die neue Piste ausprobieren.

Schuppe und ich hatten uns am Freibierstand amüsiert, die dickbäuchige Kapelle und den Oberbürgermeister verhöhnt, der wiederholt ins Mikrofon rief, das einundzwanzigste Jahrhundert habe an diesem historischen Dezembertag des Jahres 1974 seinen Lauf genommen. Wir, die Bürger der Stadt, sollten uns freuen und voller Stolz sein.

Schuppe polterte die Holztreppe hoch. Das würde wieder Ärger mit dem Taxifahrer geben, der unter uns wohnte und nur nachts fuhr. Der Autolärm, der Tassen und Teller im Schrank erzittern ließ, machte dem Mann nichts aus, aber wehe, jemand räusperte sich.

Schuppe grüßte militärisch und brüllte: »Auftrag erfolgreich ausgeführt!«

Er warf eine große Plastiktüte voller Langspielplatten auf mein ungemachtes Bett, bevor er sich neben den Ofen stellte und verfroren seine Hände rieb. In seinem Zimmer gab es keine Wärmequelle, dafür ein durch eine Spanische Wand abgeschirmtes Gemeinschaftsklo. (Die Spanische Wand wurde in China erfunden, das aber nur am Rande.)

Eine Badewanne mit fließendem Kaltwasser stand in der Küche, die unsere Zimmer trennte. Schuppe hatte seine Bude schon am Tag nach dem Einzug ruiniert, indem er die Wände in den Farben seines Vereins anstrich, schwarz und gelb. Die Attraktivität meines Zimmers litt unter der Anwesenheit von schmutzig braunen Säcken voller Kohlen, Briketts und Holz, weil der Keller nach einem Wasserschaden als Lagerplatz nicht mehr zu gebrauchen war.

Einziger Wandschmuck war ein Bücherregal vom Sperrmüll mit drei Brettern in den französischen Nationalfarben. Auf denen bewahrte ich T-Shirts, Hemden und Utensilien für die Körperpflege auf.

»Mann, fast hätten sie mich gekriegt«, schnaufte Schuppe mit dem von Leid zerfurchten Gesicht eines Kriegsheimkehrers. »Die Alte an der Kasse hat geschrien, als hätte ich ihr zwischen die Beine gefasst. Und dann sind drei verdammte Kunden hinter mir her. Was ging das diese Arschgeigen an! Zum Glück keine Olympiasieger im Fünfzehnhundert-Meter-Lauf wie ich.«

In ein paar Tagen war Weihnachten, Schuppe hatte Hochsaison. Er organisierte, so sein Fachausdruck, auf Bestellung und verkaufte zum halben Preis. Da hatten sich auch welche von der

Hals-Nasen-Ohren-Station, auf der ich seit November Zivildienst machte, ohne Kenntnis des kriminellen Hintergrunds in meine Hehler-Liste eingetragen.

Im Kinderzimmer waren nur fünf der vierzehn Betten belegt. Zwei Kinder schliefen, die anderen hatten Besuch. Marion war gerade mit einem nadelnden Adventskranz beschäftigt.

»Deine Bestellung«, sagte ich und gab ihr die Platte. *Best of The Bee Gees*. Aus den Sechzigern mit vielen Streichern und sehnsüchtigem Gesang. Frauenmusik.

»Schenk ich dir«, sagte ich und merkte, wie ich ein bisschen rot wurde. Marion hatte lange blonde Haare, war drei Jahre älter und genau so groß wie ich. Ihr weißer BH schimmerte mit beachtlicher Körbchengröße unter dem weißen Schwesternkittel hervor. Marion gab mir einen Kuss auf die Wange. Sie roch nach Haarshampoo und fruchtigem Parfüm.

»Du bist süß«, sagte sie leise.

»Du auch«, antwortete ich, schlagfertig wie immer.

Bevor wir noch weitere Weltliteratur von uns geben konnten, ging der Alarm los, und ich fing an zu rennen. Neben dem Kinderzimmer gab es jeweils vier Vierbettzimmer für Frauen und Männer sowie ein Zweibettzimmer für Privatversicherte, das für Prominente und Großverdiener leicht in ein Einbettzimmer verwandelt werden konnte. Der Alarm kam vom Ende des Flurs, von Zimmer 113. Intensiv- und Sterbezimmer für Männer. Merkelbach starb da seit Wochen vor sich hin.

Am zweiten November hatte ich morgens um sieben in Haus 1 des Uni-Klinikums angefangen, auf der HNO-Station. Die Krankenhausgerüche fegten mich fast aus den Schuhen. Fehlten nur noch schwarz gekleidete Nonnen, aber ich sah keine. In der Aufregung hatte ich meinen weißen Kittel verkehrt herum angezogen, alle lachten. Dann Betten machen. Start auf Zimmer 110.

Zwei Patienten mit operierten Nasen, in denen Tampons steckten. Blau unterlaufene Augen, rasselnder Atem, und wenn sie sprachen, klang das, als seien sie schwer erkältet. Dann noch ein Junge mit Ohrenklappe, der leise jammerte, und ein kräftig gebauter Mann, der gleich auf dem OP-Tisch liegen würde. Wie ein Opernsänger schmetterte er mit rollendem R *So ein Tag, so wunderschön wie heute, so ein Tag, auf den ich mich so freute.*

Rasierwasser- und Deo-Spray-Wolken, längsgestreifte Schlafanzüge. Frühnachrichten, von einem Rasierapparat übertönt, und eine volle Urinflasche. Ich zog blutverschmierte Kopfkissen, Bettlaken und Bettbezüge ab, ersetzte sie durch frische. Eine Krankenschwester bat zur Blutabnahme und fragte: »Hatten Sie Stuhl, meine Herren?«

Im nächsten Zimmer war es still wie in einem Goldfischglas. Einer der vier Kranken brütete über einem Reiseschachbrett, einer besah sich, was er gerade aus seiner Nase gebohrt hatte, die andere Hälfte las Zeitung. Ich beeilte mich, aus dieser Schweigehölle rauszukommen. Später erfuhr ich, dass die Patienten Sprechverbot hatten, weil sie an den Stimmbändern operiert worden waren oder an Kehlkopfentzündung litten.

Merkelbach war allein auf seinem Zimmer. Mit heiserer Raucherstimme gab er der Umweltverschmutzung die Schuld an seinem Kehlkopfkrebs. Ein eher kleiner Mann Mitte fünfzig mit eng beieinander liegenden Augen. Lastwagenfahrer im Steinbruch, wie er sagte, und dass er seinem Chef versprochen habe, in spätestens zwei Wochen wieder im Einsatz zu sein. Es war mir peinlich, ihn nackt vor mir stehen zu sehen, als ich ihm beim Anlegen des OP-Hemds half.

»Eins sag ich dir, Junge«, sagte er, während er sich auf die vierrädrige Krankenliege legte, mit der ich ihn in den Operationssaal schieben würde. »Jeden Tag mindestens eine Nummer schieben, das ist der Sinn des Lebens.«

Merkelbach, schon leicht betäubt, wälzte sich noch mal vom Wagen herunter. Er öffnete die Tür seines Kleiderschranks, wühlte in Manteltaschen, bis er Feuerzeug und eine Packung Zigaretten gefunden hatte. Güldenring. Er steckte sich eine in den Mund, zündete sie an, inhalierte zweimal tief hintereinander. Dann stieg er wieder auf den Wagen. Im Sitzen und paffend, Ärzte und OP-Schwestern majestätisch grüßend, ließ er sich von mir dem Skalpell entgegenfahren.

Stunden später drückte mir eine Schwester ein Einmachglas in die Hand. Darin schwamm Merkelbachs Kehlkopf.

»Zur Pathologie, Tempo!«

Ich irrte mit dem blutigen, krebsverseuchten Ding über das weitläufige Klinikgelände, viel mattes Grün und herbstlich kahle Bäume, moderne Bauten und welche, die den letzten Kaiser noch erlebt hatten. Mir war kalt unter dem weißen Kittel, der dünnen Hose. Endlich fand ich jemanden, der mir den Weg zeigte. In der düsteren Pathologie stank es nach Desinfektionsmitteln und Schlimmerem. Ein kahlköpfiger Mann in grünem Kittel grinste, als ich ihm den Kehlkopf gab. Ich dachte an Frankenstein-Filme und Flucht.

Merkelbach bekam jetzt wieder Infusionen, und einen Nasenschlauch hatten sie ihm auch wieder gelegt. Wie in den ersten zehn Tagen nach der OP musste er mit der Ernährungsspritze gefüttert werden, weil er so stark abgenommen hatte, unter fünfzig Kilo gerutscht war. Wenn ich ihn auf den Toilettenstuhl hob, spürte ich ihn kaum. Sein Gesicht, die Augen machten mir Angst. Wie die KZ-Menschen in den Filmen über die Nazis.

Merkelbach dirigierte mit beiden Händen eine dissonante Sinfonie, versuchte etwas zu sagen, aber ohne Kehlkopf ging das nicht. Der Kranke war völlig verschleimt, er flatterte vor Angst zu ersticken. Ich schaltete das Absauggerät ein, holte mit einem nudeldicken Schlauch giftrotes und rotzgelbes Zeug aus der Kanüle, die im Hals des Patienten steckte, in dem Loch, wo früher der Kehlkopf gewesen war. Es zischte und schmatzte, der gläserne Bauch des Absauggeräts füllte sich. Ich versuchte, beruhigend auf ihn einzureden, wünschte, ein bisschen Ahnung von Fußball zu haben, um Merkelbach mit Geschwätz über Abseitstore und strittige Elfmeter ablenken zu können. An der Wand neben seinem Bett hing ein Wimpel von Schalke 04.

Frau Merkelbach, die in den ersten Tagen nach der OP von Fortschritten gesprochen hatte, saß stumm daneben, apathisch, beinahe angewidert. Sie kam nicht mehr jeden Tag zu Besuch, war auch nicht mehr so schick gekleidet wie am Anfang. Das Blond ihrer Haare brauchte dringend eine Auffrischung. Auf Merkelbachs Nachtschränkchen stand ein winziger Weihnachtsbaum aus Plastik, der optimistisch in allen Farben blinkte.

Am 24. Dezember, einem Dienstag, fuhr ich zu meiner Mutter. Es würde keinen Schnee geben, hatten sie im Radio gemeldet. Ein Meteorologe bat schuldbewusst um Entschuldigung. Im Bus gaben die Leute den Amis und Russen mit ihren Atombombenversuchen die Schuld.

An diesem Morgen sah meine Mutter nicht wie eine Dame von Welt, eine Sportwagenbesitzerin aus, sondern wie deren Putzfrau mit VW aus dritter Hand. Ich musste ihr den Begrüßungskuss geradezu aufdrängen. Sie lächelte auch nicht, aber das war normal. Meine Mutter hatte Weihnachten immer schon gehasst. Fettdonnerstag und Rosenmontag waren ihre höchsten Feiertage. Der Tannenbaum, den sie früher, als ich klein war, gequält wie unter sowjetischer Fremdherrschaft für mich geschmückt hatte, war spätestens am Morgen des 27. Dezember aus dem Fenster geflogen.

Während der Feiertage setzte sie mich vor den Fernseher. Sie blieb im Bett, las Liebesromane, hörte Schlager und verfluchte das Fest der Feste. Jetzt drückte sie mir ihr Geschenk für mich in die Hand. Ich hatte mir *Country Life*, die neue LP von Roxy Music gewünscht. Es hätte mir nichts ausgemacht, kein Geschenk zu bekommen, es wäre mir sogar lieber gewesen. Schuppe hätte die Platte leicht für mich organisieren können. Aber merkwürdigerweise bestand meine Mutter trotz ihres Weihnachtshasses auf dem lieblosen Austausch von Präsenten.

»Vielen Dank auch, dass du mich so wunderschön blamiert hast«, sagte sie. »Bin mir vorgekommen wie 'ne Puffmutter. Das dreckige Grinsen von dem Kerl an der Kasse, was hab ich mich geschämt! Hab's nicht einpacken lassen, dein Pornozeug, wollte nur noch raus aus dem Laden.«

Auf dem Cover das Foto von zwei Frauen in fast transparenter schwarzer und weißer Unterwäsche. Ich hatte das nicht gewusst.

»Sonst bist du doch auch nicht so prüde«, sagte ich.

»Klappe! Was weißt *du* schon.«

Etwas Weihnachtliches gab es doch in der Wohnung. Auf dem Küchentisch lag eine Postkarte mit Engeln und Glitzer.

»Von meiner lieben Schwester«, sagte meine Mutter. »Die schreibt mir jedes Jahr, nur um mich zu ärgern, die Kuh.« Und dann mit ausgestreckter rechter Hand: »Mein Geschenk! Mach's nicht so spannend!«

Im Gegensatz zu ihrem war meins verpackt, und zwar mit allem Firlefanz. Die Frau am Verpackungstisch hatte ein echtes Kunstwerk hingelegt.

Meine Mutter arbeitete sich verbissen durch goldfarbene Schleifen und anderes Zeug, mit einer Hast, als rechne sie mit den Kronjuwelen der Queen von England. Es war aber bloß ein schwarzer Mercedes 190 SL in Miniatur. Fürs Schlafzimmerregal unter dem Nadja-Tiller-Plakat. Eigentlich ein Auto und kein Flugzeug. Es flog aber trotzdem durch die Küche in den Flur und prallte laut gegen die Wohnungstür.

»Warum tust du mir das an?«, schrie meine Mutter. »Warum?!«

Ich musste schlucken, weil mir eine furchtbare Ahnung in den Kopf kam.

»Das Schlimmste, was mir passieren konnte, ist passiert!«, schrie meine Mutter mit tränennassem Gesicht. »Und du machst dich darüber lustig. Was bist du nur für ein Sohn!«

»Aber ich lebe doch noch, Mama, *mir* ist doch nichts passiert«, antwortete ich und beschloss, diese Frau nie mehr *Mama* zu nennen.

»Trotzdem das schlimmste«, sagte meine Mutter trotzig.

Ich zerriss die Hülle von *Country Life*, trampelte auf der Schallplatte herum und fing auch an zu flennen. Da hörte meine Mutter mit ihrem Geheule auf.

Sie überhäufte mich mit nassen Küssen, streichelte meinen Kopf, zerwühlte meine Frisur.

Die Konopkas waren nicht über Weihnachten weggefahren. Sie hatten sich aber ein Schlagzeug geschenkt, und der Hund sang dazu. Wie Yoko Ono.

»Versteh doch«, rief meine Mutter, »versteh doch!« Und dann rückte sie raus mit der Sprache. Rico hatte ihren Mercedes im besoffenen Kopp zu Schrott gefahren. Totaler Totalschaden. Rico war mit einem Kratzer wie beim Rasieren davongekommen.

»Dieser Arsch«, sagte ich und schniefte.

»Klappe!«, sagte meine Mutter. »Der Arsch hat mir gutgetan. Wie sonst keiner vor ihm.«

Die Konopkas legten anscheinend eine Zigarettenpause ein. Das gefiel dem Hund überhaupt nicht.

2

Die Nachmittagsschicht begann um vierzehn Uhr in kleiner Feiertags-Besetzung.

Stationsschwester Barbara war korpulent, aber irgendwie auch drahtig. Ihr Team war zwischen Weihnachten und Neujahr geteilt worden, in eine Früh- und eine Spätschicht. Ich musste mich nur um Merkelbach und einen Neuen namens Erwin Adamski kümmern.

Alle anderen Patienten der Männerstation waren entlassen worden. Adamski, hatte die Stationsschwester vom Frühdienst erfahren, war mit einem Reisekoffer in der rechten Hand und einem Tonbandgerät unter dem linken Arm aufgetaucht und hatte über starke Schmerzen im Hals geklagt. Die Diagnose lieferte er gleich mit: Tonsillitis, akute Mandelentzündung. Die Untersuchung durch Assistenzarzt Leiß blieb ohne Befund. Adamski hielt sich trotzdem den Hals, jammerte und verlangte eine Operation. Die verweigerte der Arzt, ordnete aber vorsichtshalber eine stationäre Aufnahme zur Beobachtung an.

»Tun wir einfach mal so, als wären die Mandeln schon raus«, sagte die Stationsschwester und lächelte weihnachtlich.

Ich brachte Adamski eine Eiskrawatte zur äußeren und eine Portion Vanilleeis zur inneren Kühlung des angeblich wunden Halses.

Wegen der lauten Musik hatte der neue Patient mein Klopfen nicht gehört. Er stand mit dem Rücken zur Tür in der Mitte des Zimmers und leitete ein Jazz-Orchester, das vom Band kam.

»Kurt Edelhagen und die WDR-Big-Band. September, nein: Oktober 1957. Aufgenommen in Donaueschingen«, rief der Mann mit dem schottisch karierten Schal verzückt, nachdem er mich bemerkt hatte. Mit wehendem Bademantel dirigierte er noch ein paar Takte, bis er auf einmal das Gesicht verzog und sich mit beiden Händen an den Hals griff. Er stellte die Musik aus, legte sich stöhnend auf sein Bett, nannte Dr. Leiß einen Scharlatan, einen Nichtskönner.

Ich reichte Adamski das Vanilleeis. »Nein«, sagte er, plötzlich völlig ermattet. »Ich kann nicht schlucken. Die Schmerzen sind zu stark.«

Mit viel Leidensgetöse richtete er sich auf, zeigte auf die leeren Betten und sagte: »Ich bin doch nicht allein hier, oder?«

Im Stationszimmer wischte Han, Schwesternschülerin aus Südkorea, das Waschbecken sauber. Sie war höchstens einsfünfzig groß, also nur geringfügig kleiner als Toulouse Lautrec. Von Wachstum konnte bei ihr auch sonst nirgendwo die Rede sein. Leiß stopfte Weihnachtsstollen in sich hinein und behauptete mit vollem Mund, das Zeug eigentlich überhaupt nicht zu mögen.

»Mississippi-Zufluss mit vier Buchstaben?«, fragte Barbara, über ein Rätselheft gebeugt. »Letzter Buchstabe ein O.« In ihrem Transistorradio sang ein Kinderchor *O du fröhliche*.

»Ohio«, sagte ich.

»Das sind aber fünf Buchstaben«, sagte Barbara. »O-hei-o.«

Han widmete sich jetzt dem Medikamentenschrank. Sie hatte sich auf einen Hocker gestellt, um die oberen Regionen des Schranks erreichen zu können. Draußen regnete es. Marion kam mit einer leeren Infusionsflasche aus Zimmer 104. Dort lagen zwei Patientinnen, die über Weihnachten nicht nach Hause durften.

Alarm auf der Männerstation. Ich rechnete mit Merkelbach, doch das Signallicht leuchtete über der Tür mit der Nummer 112. Erwin Adamski hatte, unter bestialischen Schmerzen, wie er sagte, das Vanilleeis zu sich genommen und wollte nun wissen, wann das Abendbrot serviert wurde. Anschließend sah ich bei Merkelbach vorbei, er schlief unruhig.

Ich setzte mich in den kleinen Umkleide- und Aufenthaltsraum fürs männliche Pflegepersonal, sah auf die Uhr. Noch sechs Stunden bis Schichtende. Barbara und Leiß kamen herein, um zu qualmen.

Ich ging raus. Auf 112 wieder laute Musik.

Han putzte jetzt den Stationsflur. Marion gab mir ein Zeichen, ihr ins Kinderzimmer zu folgen. Alle vierzehn Betten waren leer.

»Na?«, sagte Marion, bevor wir uns küssten. Sie half mir dabei, ihren Kittel zu öffnen. Ich streichelte ihre großen Brüste, lutschte, saugte, liebkoste.

»Lass mich rein«, sagte ich atemlos.

»Zu gefährlich«, antwortete Marion.

»Nur ganz kurz. Bitte!«

Ich riss ihr Höschen herunter, Marion spreizte die Beine, im Stehen drang ich von hinten in sie ein. Mit einer Hand streichelte ich ihre Brüste, mit der anderen ihre Klitoris. So hatte Rita mir das an meinem sechzehnten Geburtstag beigebracht.

»Und wenn jetzt jemand hier reinkommt?«, flüsterte Marion und stöhnte, als wünsche sie sich nichts mehr als das. Kurz bevor es zu spät war, zog ich ihn raus. Marion führte mich zum Waschbecken. Drei, vier sensationelle Handbewegungen von ihr reichten.

»O mein Gott, soviel!«

Die Tür ging auf, Han starrte uns an und machte die Tür wieder zu.

»Hast du einen Freund?«, fragte ich Marion, während wir uns schnell anzogen.

»Hatte. Aber der ist verheiratet mit Kind. Bis *du* noch frei?«

Ich nickte. Marion umarmte mich und sagte: »Ich besorg mir schnellstens die Pille, ja?«

»Stadt in der Champagne mit fünf Buchstaben, letzter Buchstabe ein S.«

»Reims«, sagte Leiß zu Barbara.

»Räms? Das sind aber nur vier Buchstaben«, sagte Barbara.

»So, ich leg mich dann mal ne Runde aufs Ohr«, antwortete der Assistenzarzt. »Wer weiß, was heute Nacht noch alles kommt.«

Kaum hatte er das gesagt, kam jemand, dem eine Gräte vom Weihnachtskarpfen im Hals steckte.

Ich sah nach Merkelbach. Der hatte Besuch. Erwin Adamski saß an seinem Bett und lieferte ohne Punkt und Komma und mit Händen und Füßen einen Spielbericht ab. Merkelbach hörte gebannt und lächelnd zu. So hatte ich ihn noch nie gesehen.

»Noch zwei Minuten bis zur Verlängerung dieses hochdramatischen, rassigen Pokalfights unter Flutlicht. Vierunddreißigtausend Zuschauer in der Glückauf-Kampfbahn, ausverkauftes Haus. Der Eckball der ganz in Rot gekleideten Bayern kommt von links, es brennt, es brennt lichterloh im Strafraum der Westdeutschen! Schalkes Torwart fliegt durch den Fünfmeterraum wie eine Rakete! Entschuldigen Sie mir bitte diesen Ausdruck in Zeiten wie diesen. Der Keeper der Königsblauen faustet die Lederkugel aus der Gefahrenzone. Gut gemacht, Jupp Elting, gut gemacht! Glanzparade! Immer weg mit dem Ding! Weg damit! Und jetzt mal kurz durchschnaufen. Das empfehle ich auch Ihnen, liebe Zuhörer des Westdeutschen Rundfunks. Denn hat man so was schon gesehen? Einen 0:3-Rückstand innerhalb von fünf Spielminuten wettgemacht! Seien Sie mir nicht böse, liebe Dortmunder, Kölner und Meidericher, aber das kann nur der traditionsreiche FC Schalke 04! Aber was ist das? Was ist denn jetzt schon wieder los?«

Adamski sprang auf, riss sich mit gespieltem Entsetzen die Brille vom Gesicht, blies die Backen auf.

»Herr im Himmel, was will Schiedsrichter Gerhard Schulenburg aus Laatzen bei Hannover denn da schon wieder gesehen haben, mitten im Strafraum der Schalker? Errare humanum est, meine lieben Zuhörer an den Apparaten, niemand ist vor einem Irrtum gefeit, auch Ihr Reporter hier im strömenden Regen auf Schalke nicht, aber das hier, nein, das-darf-nicht-wahr-sein, was sich der Mann in Schwarz heute Abend hier zusammenpfeift!«

Ich schlich mich raus. Im Stationszimmer steckte Barbara die ans Licht geholte Karpfengräte in ein Plastikröhrchen und verschloss es. Der von seinen Beschwerden befreite Fischesser nahm das Souvenir mit einigem Stolz in Empfang und wünschte allen frohe Weihnachten.

»Wie geht's unserem Simulanten?«, fragte Leiß. »Schmeißen wir ihn raus?«

»Armes einsames Schwein, das Weihnachten nicht allein will sein«, reimte Barbara. »Mindestens einen von der Sorte haben wir doch jedes Jahr. Lass ihn in Ruhe, Leiß.«

Marion bereitete in der Küche das Abendbrot für die beiden Patientinnen und Adamski vor. Zeit auch für Merkelbachs Brei. Ich schüttete weißes Pulver in eine Schüssel, gab lauwarmes Wasser dazu und fing an, das ganze mit einem Schneebesen zu verrühren, dabei fragte ich Marion, ob ich später noch mit zu ihr könne.

»Geht leider nicht. Ich wohn im Schwesternheim, da ist Herrenbesuch verboten. Eine alte Hexe passt am Eingang auf. Aber ab März hab ich eine eigene Wohnung.«

Ich hatte eine eigene Wohnung und war kurz davor, Marion einzuladen. Doch dann traute ich mich nicht wegen der Kohlensäcke und der furchtbaren Gemeinschaftstoilette mit Spanischer Wand in Schuppes Zimmer.

Zehn Minuten vor Ende der Schicht läutete das Telefon im Stationszimmer. Barbara nahm den Hörer ab. Ihr rheinischer Singsang verwandelte sich in hartes Hochdeutsch. Mit einer heftigen Bewegung schaltete sie das Radio aus, mit einem weiteren schroffen Handzeichen beendete sie Leiß' Flirt mit Marion.

Verkehrsunfall, erfuhren wir. Die Fahrerin in akuter Lebensgefahr. Unter anderem war ihr Kehlkopf vom harten Aufprall auf das Lenkrad verletzt. Möglicherweise irreversibel. Erstickungsgefahr vorerst durch den Notarzt gebannt. Ein Rettungshubschrauber war unterwegs.

»Na dann frohes Fest«, sagte die gerade eintreffende Nachtschwester Elfriede säuerlich. »Hatte mich auf 'ne stille Nacht gefreut.«

Barbara telefonierte mit Professor Schöllendorff. Kehlkopf war Chefsache. Von einem anderen Telefon aus verständigte Leiß die OP-Schwestern, die Bereitschaftsdienst hatten.

»Haut ab, ihr beiden«, sagte Barbara zu Marion und mir. »Und morgen pünktlich zur Frühschicht antanzen! Sieht aus, als gäb's was zu tun.«

Ich begleitete Marion bis zum Wohnheim. Obwohl es regnete und wir keinen Schirm hatten, blieben wir alle zwei bis drei Meter stehen, um uns zu küssen. Auch vor dem Eingang zum Heim kamen wir nicht voneinander los.

»Saublöd«, sagte Marion. »Übermorgen fahr ich mit meiner Freundin für zehn Tage nach Österreich. Wie soll ich das bloß aushalten ohne dich? Ich vermiss dich ja jetzt schon!«

Auf dem angestrahlten Flachdach von Haus 1 landete der Rettungshubschrauber.

»Aber vielleicht werd ich bis dahin ja noch krank«, sagte Marion. »Drück mir die Daumen.«

Aufgewühlt und hellwach vor Glück und Sehnsucht schloss ich die Tür zu meinem Zimmer auf. Im Ofen brannte es lichterloh wie im Schalker Strafraum. Schuppe lag auf meinem Bett und bibberte, trotz Jacke, Mütze, Schal und Handschuhen. Als hätten wir Eisblumen an den Fenstern, zwanzig Grad unter Null, Sibirien.

»Hab's in meiner Bude nicht mehr ausgehalten, so kalt ist es da. Kann ich heute Nacht bei dir pennen, Roxy?«

Trotz seiner vermeintlichen Unterkühlung konnte sich Schuppe ein Grinsen nicht verkneifen. »Und fröhliche Weihnachten, übrigens.«

3

Das schöne an Weihnachten war, dass es keinen Berufsverkehr auf der Stadtautobahn gab. Genießen konnte ich das aber nicht, denn die Batterien in meinem Transistorradio waren verbraucht. Ich hatte vergessen, rechtzeitig neue zu besorgen. Das war mir noch nie passiert. Ich schwor mir, in Zukunft einen großen Vorrat anzulegen. Das nutzte mir jetzt aber gar nichts, denn das weniger schöne an den Feiertagen war, dass die Geschäfte tagelang geschlossen waren.

Ich lief in der Küche von einer Wand zur anderen und fing an zu schwitzen. Ohne Radio würde ich nicht in den Tag kommen. Ich weckte Schuppe, der vollständig angezogen unter einer dicken Decke vor dem inzwischen nur noch lauwarmen Ofen lag. Ich fragte ihn, ob er noch Batterien habe.

»Wie spät ist es?«, stöhnte er.

»Kurz nach sechs.«

»Morgens oder abends?«

»Morgens.«

»Bist du bescheuert! Hab keine – scheiß Dinger.«

Da hörte ich, wie die Tür in der Wohnung unter uns ins Schloss fiel. Der Taxifahrer war von der Nachtschicht zurück. Er war nicht gut auf uns zu sprechen. Er nannte uns Krawallbrüder wegen der angeblich zu lauten Musik. Trotzdem zog ich mir Jeans und Pullover an und schlich die Treppe runter. Ich biss mit den Zähnen auf meine Unterlippe und drückte auf die Klingel des Taxifahrers. Kirschfink stand auf dem Namensschild neben der Tür, ein lustiger Name, der mir etwas Mut machte. Der Name Metzger hätte mir Angst gemacht.

Metzger hieß der Inhaber des Elektroladens, in den ich meine Mutter schleppte, nachdem unser altes Radio mit Zischen und beißendem Qualm verstorben war. Ich hatte lange kreischen und mit Selbstmord drohen müssen, bis meine Mutter mit mir in den Laden um die Ecke ging.

»Was Billiges?«, sagte Metzger und zog die Nase hoch. Es roch nach Zigaretten und Technik.

»Preiswert, nicht billig«, sagte meine Mutter so entschieden, dass ich ganz stolz auf sie war.

»Hätte da einen Japaner«, sagte Metzger. Schwergewichtig und mühsam kam er hinter der Ladentheke hervor und ließ den Blick über die Regale schweifen, auf denen sein Warenangebot stand.

»Keinen Japaner!«, rief ich, weil ich kleiner Idiot meinte, ein japanisches Radio spreche japanisch. Metzger lachte wiehernd. Als er seine Tränen weggewischt hatte, rundete er den Kaufpreis erheblich ab.

Kirschfink riss die Tür auf. Er hatte es wohl eilig gehabt, ins Bett zu kommen, war schon in Unterhemd und Schlafanzugshose. Er hatte dichte Haarbüschel auf den Armen, Haare auf der Brust bis hoch zum Hals.

»Was?«, sagte er mit der Freundlichkeit eines hungrigen Warans und blickte demonstrativ auf seine Armbanduhr. Als Zeichen meines guten Willens zeigte ich ihm einen Fünfmarkschein, während ich meine Frage stellte. Statt einer Antwort zählte er mit sich überschlagender Stimme Verfehlungen von Schuppe und mir auf: nie die Treppe geputzt, sie bloß immer verdreckt, ständig lautes Türenschlagen, immer laute Negermusik. Und Frauenbesuch hätten wir auch nie, das gebe ihm mächtig zu denken, erklärte er abschließend, bevor die Tür krachend ins Schloss fiel.

Mit stampfenden Schritten ging ich die Treppe hoch. In der Küche setzte ich mich auf den Rand der Badewanne und beobachtete die Unordnung auf Tisch und Spülschrank, den Schmutz und die Flecken auf dem Linoleumfußboden.

Es klopfte.

Kirschfink stand vor der Tür, dicke Wollsocken in Badelatschen. Er hatte eine Vorratspackung mit Batterien in der Hand. Ich holte mein Portemonnaie aus der Hosentasche, der Taxifahrer winkte ab und sagte: »Weihnachten.«

Erleichtert kurbelte ich mich durch ein Oratorium, vorbei an Domspatzen und Sängerknaben und *Es ist ein Ros' entsprungen* in der Version eines blonden Schlagerhelden mit ewiger Sonnenbrille.

Frühmorgens brauchte ich Sprech-, keine Singstimmen. Knapp vor Ende der Senderskala fand ich endlich das richtige. Der Sprecher sagte, das ungewöhnlich milde Dezemberwetter sei ein kleiner, leider unwesentlicher Glücksfall in Zeiten der Ölkrise. Und schon war er bei den Arabern. Die säßen, so der Sprecher weiter, auf ihrem Bodenschatz, drosselten die Förderung und trieben den Preis in die Höhe, bis sich unsere deutschen Autobahnen in Fußgängerzonen verwandelten.

Das mit dem milden Wetter musste ich unbedingt Schuppe erzählen. Davon würde ihm vielleicht wärmer. Ich zog mich aus, kletterte in die Wanne und ließ kaltes Wasser aus der Handdusche über mich ergehen.

Nachdem ich das Fenster weit geöffnet hatte, zog ich die Bettwäsche ab, stopfte sie in einen blauen Plastiksack. Ich faltete die große Gummi-Unterlage zusammen, steckte sie in einen grünen Sack. Matratze und Matratzenschoner trug ich zum Lüften nah ans Fenster. Dann goss ich Desinfektionsmittel in den Eimer mit warmem Wasser, nahm einen Stofflappen und begann, das Bettgestell abzuwischen. Im Zimmer nebenan erklärte Erwin Adamski mit wuchtigen Trompetenstößen vom Band seinen Jazz-Frühschoppen für eröffnet. Eva, die jugoslawische Putzfrau, steckte ihren Kopf zur Tür herein und fragte: »Mann kaputt?«

Ich nahm mir das Nachtschränkchen vor. Auf der Abstellfläche ein Wecker, der Bonsai-Weihnachtsbaum aus Plastik, ein gerahmtes Foto von einem Dackel mit heraushängender Zunge vor einem Fressnapf, auf dem *Rudi* stand, ein Kugelschreiber, ein

Bleistift mit abgebrochener Spitze, eine Postkarte, vorne mit Blumen von van Gogh und hinten mit Genesungswünschen von einem, der Emil hieß. *Otto Imi Emil.*

Zwei linierte beschriftete Blätter Papier, das meiste unleserlich. Lesen konnte ich nur das mit großen Druckbuchstaben geschriebene und dreifach unterstrichene Wort SCHMERZEN, außerdem: RUDI ALLES GUT?, und, ebenfalls dreimal unterstrichen: WENN RAUS HIER PARIS. Die letzte Eintragung auf dem zweiten Blatt war zittrig und verwackelt, aber mit zehn Zentimeter großen Buchstaben geschrieben: NICH WEINEN WENN TOT.

Ich warf die beiden Blätter in den Abfalleimer, überlegte es mir dann aber anders und legte sie in den schwarzen Sack, zum Dackelfoto und dem anderen persönlichen Kram. In der Schublade des Schränkchens eine angebrochene Packung Güldenring, ein Feuerzeug, fünf Päckchen Papiertaschentücher und ein unverschlossener Briefumschlag mit vielen Zweimarkstücken. Jeden Morgen nach Stuhlgang und Körperpflege hatte mir Merkelbach ein Zweimarkstück gegeben. Anfangs hatte ich mich gegen das Bakschisch gesträubt, aber der Kranke regte sich dann höllisch auf.

Die verschlissenen Pantoffeln, die unter dem Bett standen, landeten auch im schwarzen Sack, ebenso der Wimpel von Schalke 04. Bevor ich als letztes Merkelbachs Kulturbeutel von der Ablage neben dem Waschbecken nehmen und einpacken konnte, kam Marion herein. Wir küssten uns mit Zunge, und ich fasste ihr an die Brüste. Marion hatte keine Zeit für mehr.

»Hab über Nacht drei Kinder gekriegt«, sagte sie lächelnd.

»Du wolltest dir doch die Pille besorgen.«

»Eins von denen hat sich mit ’ner glühenden Wunderkerze ins Ohr gestochen.«

»Aua. Und weißt du was von dem großen Unfall?«

»Laryngektomie. Schöllendorff war die ganze Nacht im OP.

Und ob sie noch mal richtig gehen kann bei den vielen Brüchen, weiß auch keiner. Die Orthopäden sind gerade an ihr dran.«

»Alptraum«, sagte ich.

»Dein Merkelbach ist auch noch abgegangen?«

»Hm.«

»Die Nachtschwester ist total bedient«, sagte Marion. »Elfriede hat gesagt, sie macht eine Umschulung auf Millionärsgattin, und wenn das nicht klappt, eine Frittenbude auf.«

Die Sonne schien zum Fenster rein wie Ende März.

»Ich glaub, dein Schnee schmilzt gerade in Österreich«, sagte ich. »Dann müsstest du nicht wegfahren.«

»Bleibst du mir zehn Tage lang treu?«, fragte Marion mit süßem Schmollmund.

»Man nimmt, was man kriegen kann«, sagte ich und grinste. »Vor allem an Silvester.«

Marion würgte mich ein bisschen und deutete einen Kinnhaken an. Dann küsste sie mich und ging zur Tür.

»Ach ja«, sagte sie, »ich wollte dich noch was fragen.«

Schuppe hatte nichts dagegen, dass ich die Holz-, Brikett- und Kohlensäcke vorübergehend in seinem Zimmer parkte. Kein Widerwort von ihm, als ich das Klo hinter der Spanischen Wand putzte, den Müll wegbrachte und anschließend damit anfing, das schmutzige Geschirr zu spülen. Schuppe hätte mir liebend gern geholfen, wie er betonte, leider war er aber unabkömmlich. Er hatte vor dem Spiegel zu tun, der schief und halb zerbrochen an einer schwarz-gelben Wand seines Zimmers hing. Schuppe trug nagelneue silberne Stiefel mit Hochplateau-Sohlen und einen knielangen, türkisfarbenen Plastikmantel. Er war damit beschäftigt, seine Augenbrauen mit Glitzerzeug zu schmücken. Ich fragte ihn nicht, woher er die neuen Sachen hatte. Mein dünner, aber nun fast haushoher Mitbewohner hätte in dieser Aufmachung sofort bei Roxy Music einsteigen können. Er wollte aber bloß zum

Weihnachtskonzert einer Band, die sich auf das Nachspielen von David-Bowie-Songs spezialisiert hatte. Die traten im *Kitsch* auf, einer fensterlosen Kneipe mit violett gestrichenen Wänden.

Mit Spülschaum an den Händen stellte ich die Musik leiser. »He«, protestierte Schuppe. »Törn mich nicht ab!«

»Komm«, sagte ich besänftigend, »fällt uns doch kein Zacken aus der Krone, wenn wir'n bisschen Rücksicht auf den Typ da unten nehmen. Ist doch auch nur 'ne arme, unterbezahlte, proletarische Sau. Die ganzen Nachtfahrten immer, ständig das blöde Gequatsche der Besoffenen um die Ohren, die Angst, dass plötzlich einer'n Messer zieht und...«

»Schon gut, hör auf«, sagte Schuppe und massierte Creme in seine hochstehenden Haare. »Bist du jetzt in 'ner Sekte oder sowas?«

»Und die Treppe könnten wir auch ab und zu mal putzen«, sagte ich und hielt ein frisch gespültes und abgetrocknetes Trinkglas prüfend gegen das Licht der nackten Küchen-Glühbirne. »Ist doch nur' n Klacks, dauert höchstens fünf Minuten.«

Das Wesen, das früher Schuppe gewesen war und das gerade einen künstlichen Schmetterling an seinem linken Ohr befestigen wollte, blickte mich unschlüssig an. Es schien sich nicht zwischen Mitleid und Grauen entscheiden zu können. Da läutete es.

Marion sah umwerfend aus. Sie trug einen offenen schwarzen Maxi-Mantel, darunter einen bunten Mini-Rock. Hohe Wildlederstiefel, und mit Lippenstift hatte ich sie auch noch nie gesehen.

Sie reichte mir eine Flasche Sekt, wir küssten uns brav, so wie Gastgeber und Gast, und ich versuchte, eingeschüchtert von Marions unglaublichem Aussehen und als ungeübter Gastgeber sowieso überfordert, Konversation zu machen. Ich entschuldigte mich für den Zustand der Wohnung und den meiner Haare.

»Was ist denn mit deinen Haaren?«

»Weiß auch nicht«, antwortete ich. »Muss an der Ölkrise liegen.«

»An der Ölkrise?«

»Kann man so oder so sehn, oder?«

»Wahrscheinlich«, antwortete Marion. »Im Prinzip schon. Wär vielleicht ganz gut, wenn du den Sekt in den Kühlschrank stellen würdest. Sonst kriegt der auch noch die Krise.«

»Die ist schon da«, antwortete ich heiser. »Wir haben keinen.«

Marion war zweiundzwanzig, fiel mir ein, sie war eine richtige Frau, kein Teenager mehr wie ich, der nicht mal einen Kühlschrank hatte. Telefon auch nicht, von einem Auto ganz zu schweigen. Und ich hatte vergessen, T-Shirts, Hemden und meinen Deo-Spray-Vorrat aus dem Bücherregal zu entfernen. Wie sah das denn aus! Meine bekannte Neigung, nicht zu erröten, war dahin, merkte ich. Und obwohl mir heiß war, warf ich aus reinem Aktionismus noch zwei Holzstücke ins Ofenfeuer.

»Darf ich mich setzen?«, fragte Marion.

»Klar«, sagte ich und machte mich auf den Weg in die Küche, wo es, wenn ich mich recht erinnerte, einen oder zwei Stühle gab. Marion hatte sich aber schon auf mein Bett gesetzt. Ich setzte mich neben sie. Ihre Beine! Und wie gut sie roch!

»Bin dann weg«, rief Schuppe aus dem Off seines Zimmers. Ohne jede Rücksicht auf den Taxifahrer und meine wunderschöne Besucherin knallte er die Tür zu.

»Musik?«, fragte ich.

»Musik und Sekt«, antwortete Marion.

»Ich hab auch Kuchen da«, sagte ich. »Das Café gegenüber vom Haupteingang der Klinik hatte offen.«

»Toll«, sagte Marion. »Also Musik, Sekt und Kuchen. In dieser Reihenfolge oder lieber alphabetisch?«

»Das ist jetzt wirklich die Frage«, antwortete ich und berührte wie zufällig ihren Oberschenkel.

»Ich hab übrigens auch Kondome dabei«, sagte Marion. »Familienpackung. War im Angebot. Die Apotheke schräg gegenüber vom Haupteingang der Klinik hatte Notdienst. Und ich hätte auch 'ne Idee, was die richtige Reihenfolge betrifft.«

4

Der Adamski-Schwindel war aufgeflogen. Schöllendorff, wusste Nachtschwester Elfriede frühmorgens, war bei einem unverhofften Kontrollgang am Nachmittag des Ersten Weihnachtstags auf den blinden Passagier gestoßen. Er hatte ihn gründlich untersucht und dann unverzüglich entlassen. Dr. Leiß drohe Letzteres auch, hatte der Professor über den Stationsflur gebrüllt.

Schwesternschülerin Han kümmerte sich um den großen HNO-Weihnachtsbaum, der umgefallen war. Ich half ihr; hob ein paar Lamettafäden auf, zupfte einen Stern zurecht. Han weigerte sich standhaft, meine Anwesenheit zur Kenntnis zu nehmen.

In Adamskis Bett lag jetzt jemand, der nachts mit starkem, inzwischen gestilltem Nasenbluten aufgekreuzt war. Ich bat den Neuen aufzustehen, damit ich sein Bett machen konnte. Er schloss die Augen, sonst passierte nichts. Nachdem ich meine Bitte wiederholt hatte, flüsterte er: »Zu schwach. Habe mein ganzes Blut verloren. Kaum noch Puls.«

»Na gut«, sagte ich. »Dann wechsele ich nur ihren Bettbezug, der ist ziemlich schmutzig. Sie können dabei liegen bleiben.«

Der Patient öffnete die Augen und sagte laut: »Mein Blut ist kein Schmutz.«

Ich bat um Entschuldigung.

»Mir ist kalt«, sagte der Mann. »Wenn es deutlich schneller ginge, wäre es schon eine gewisse Erleichterung für mich.«

Eine Antwort blieb mir erspart, weil die Stationsschwester plötzlich im Zimmer stand.

»Schwester«, sagte der Mann, »ich möchte den Chefarzt sprechen, sofort! Und einen Priester.«

»Sollen wir den Papst einfliegen lassen, oder tut's zur Not auch ein Weihbischof, Herr Kafka?«, fragte Barbara.

Kafka. Jetzt wurde mir so einiges klar. Bei dem Vogel hier musste es sich um einen nahen Verwandten des Pragers handeln.

Während Barbara die Tamponade aus der Nase des zunächst schreienden, dann in Ohnmacht versinkenden Patienten zog, sagte sie: »Paul, machst du Sitzwache auf 103? Der Unfall. Die Medizinstudentin, die sie uns versprochen hatten, ist noch nicht aufgetaucht.«

»Okay«, sagte ich, froh, diesen Kafka los zu sein.

»Alle fünfzehn Minuten Blutdruck und Puls messen, jede Stunde Temperatur. Und auf die Infusionen und den Blutbeutel achten. Wenn irgendwas ist, sofort läuten.«

Barbara tätschelte aufmunternd meine Wangen.

»Schlimme Nacht gehabt?«

Marion und ich waren erst am frühen Morgen eingeschlafen, und dann hatten wir den Wecker überhört.

Ein Retter genügte da nicht, es mussten schon zwei sein, damit Marion ihren Reisebus noch erreichte. Der fuhr um sechs. Um halb sechs riss der aus dem *Kitsch* heimkehrende, sturzbetrunkene Schuppe beim Versuch, Halt zu finden, den Hängeschrank in der Küche, in dem unser gesamter Glas- und Porzellanvorrat untergebracht war, aus der Wand und stürzte damit zu Boden. Marion übernahm, Österreich bereits nachtrauernd, die Erstversorgung des Leichtverletzten.

Da hörte ich, wie die Haustür zufiel und Kirschfink kurz darauf seine Wohnungstür aufschloss.

»Zieh dich an!«, rief ich Marion zu und rannte barfuß, nur mit Unterhose bekleidet, die Treppe runter.

»Eine große Bitte«, sagte ich.

Der Taxifahrer rieb seine breite Nase und sagte: »Leck mich.«

Um zehn vor sechs standen wir vor dem dunklen Schwesternheim. Marion brauchte knapp drei Minuten, um den gepackten Koffer und die Reisetasche aus ihrem Zimmer zu holen.

»Wo sind deine Ski?«, fragte ich.

»Die leihen wir uns aus«, antwortete sie und schnappte nach Luft. Ich hielt ihre kalte Hand. Eisiges Straßen- und Ampellicht, verkaterte Frühmusik im Autoradio. Alle schwiegen, auch kein Funkverkehr. Kirschfink setzte seinen Führerschein, seine Lizenz und manchmal drei Leben aufs Spiel, aber als wir um zwölf nach sechs auf dem großen Busparkplatz am Stadtrand ankamen, waren nur noch eine Kaffeefahrt ins Sauerland und eine fünftägige Kegeltour nach Titisee im Schwarzwald zu haben.

»Meine Freundin bringt mich um«, sagte Marion. »Aber egal.«

Der Kaffeefahrer sagte, die Österreicher seien vor fünf Minuten abgefahren. Kirschfink raste, schoss, flog auf die Autobahn, nötigte nach wenigen Kilometern einen bunten Reisebus mit Licht- und Lauthupe auf einen Rastplatz. Marion rannte mit ihrer Tasche los, ich mit dem Koffer hinterher, doch dieser Bus fuhr nach Schleswig-Holstein. Verwünschungen, Drohungen, wüstes Geschrei des Busfahrers und der Reisegäste.

Der Taxifahrer rieb seine Nase und gab wieder Gas. Den nächsten Bus lotste er auf den Parkplatz einer Raststätte. Diesmal war es der richtige.

»War total schön mit dir«, flüsterte Marion mir zum Abschied ins Ohr.

»Mit dir auch«, antwortete ich gekonnt.

»Ich liebe dich«, sagte Marion. »Total.«

Der Busfahrer hupte ungeduldig, nicht nur Marions Freundin rief, jetzt sei es aber wirklich gut.

Um sechs Uhr neunundfünfzig stoppte Kirschfink vor dem Haupteingang von Haus 1.

»Das wird teuer, Nervensäge«, sagte er zu mir. »Verdammt teuer, das kann ich dir versprechen.«

Eine Minute später empfing mich die Nachtschwester mit der Adamski-Story.

»Endlich«, sagte der Student, der über Nacht Sitzwache gehalten hatte. »Du weißt Bescheid?«

Ich nickte.

»Angenehmer Job«, sagte er, während er seinen grünen Kittel auszog. »Die Dame rührt sich kaum.«

Aus dem Vierbett- war ein Einbettzimmer geworden, um Platz für Ärzte und Geräte zu schaffen. Neben dem Bett stand ein rollbarer Infusionsständer mit drei Flaschen und einem Blutbeutel. Es tropfte daraus in unterschiedlicher Geschwindigkeit. Ein Gerät mit Storchenbeinen stieß mit leisem Fauchen Nebel aus, um die Luft feucht zu halten und Hustenreiz vorzubeugen. Sie hatten auch einen Katheter gelegt, dunkler Urin in einem am Bett befestigten Plastikbeutel.

Schläuche, Kabel, silberne Nierenschalen mit Instrumenten, rotes und grünes Flackern. Die Patientin lag ganz ruhig. Kurze dunkle Haare, ein großes Pflaster auf der Stirn. Ein Auge war mit Mull abgedeckt. Getrocknetes Blut auf der Nasenspitze und auf dem oberen Ende des Nasenschlauchs. Das verletzte, eingegipste Bein war hochgelegt. Bestimmt voller Schrauben, Nägel und Eisenplatten. Auf dem Tischchen neben meinem Stuhl eine Leselampe, ein Kugelschreiber und ein Protokollblatt. Das Zimmer war abgedunkelt, nicht ungefährlich bei meiner Müdigkeit nach der wilden Nacht.

Barbara kam leise herein und brachte mir den neuen *Spiegel*. Auf der Titelseite: *Rettung vor den Arabern? Öl aus der Nordsee*. Nachdem ich bei der Patientin Blutdruck und Puls gemessen hatte, benutzte ich das Heft als Unterlage für das Protokollblatt. Ich trug Uhrzeit und Werte ein, versuchte dann, den Namen der Frau zu entziffern, der handschriftlich ganz oben auf dem Zettel stand. Mein Vorgänger hatte eine richtige Sauklaue. Als ich den Vornamen endlich herausbekommen hatte, konnte ich mir den Nachnamen leicht zusammenreimen. Der Vorname war Sonja. Das Zimmer begann sich zu drehen.

5

Am nächsten Tag war Weihnachten vorbei. Wir arbeiteten aber weiter in kleiner Besetzung, weil bis zum zweiten Januar nur Notfälle aufgenommen wurden. Die Stationsschwester schickte mich wieder auf Zimmer 103. So blieb mir Kafka erspart.

Nach einer Stunde Sitzwache bekam ich es kurz hintereinander mit Leuten zu tun, die mir noch unsympathischer als der Prager und sein Verwandter waren.

Schwester Marie-Theres, genannt MT, war von der Spät- in die Frühschicht gewechselt, um Marion zu ersetzen. MT war Mitte zwanzig und hübsch, solange sie nicht den Mund aufmachte. Sie kam aus Franken, sagte *dudd*, wenn sie *tut* meinte, und oft beantwortete sie eine Frage nur mit: »Erchendswann un erchendswo.« Sie siezte mich, und wenn sie von mir sprach, sagte sie nie Paul, sondern *der Verweicherer.* Egal, was ich tat, ihr Kommentar stand schon fest: »Su werd des fei nix.« MTs Mann war Berufssoldat.

Goffart hatte mir bei unserem ersten Treffen im Jugendamt, Abteilung Jugendgerichtshilfe, das Du angeboten, aber ich siezte ihn lieber. Er war Sozialarbeiter und wollte mich betreuen. Ich bat ihn, Abstand davon zu nehmen. Da schaute er mich traurig an und sagte: »Okay, okay. Zwingen will ich dich nicht, zumal bei Fahnenflucht kaum Gefahr besteht, rückfällig zu werden.«

Er lachte, als habe er einen tollen Witz gerissen. Sein Lachen wirkte nicht ansteckend auf mich. Das Büro lag im Keller des Amtsgebäudes, eine Neonröhre war defekt, sie flackerte in unregelmäßigen Abständen. Ich stand auf, reichte Goffart höflich die Hand und verabschiedete mich. Er hielt meine Hand fest und sagte: »Ich darf das eigentlich nicht sagen, aber ich bewundere deinen Mut, für deine Überzeugung so konsequent einzustehen.«

Ich riss mich los, ging zur Tür. Goffart war immer noch nicht fertig. Er hatte noch einen Schlusssatz wie aus einem tragischen

Liebesfilm auf der Pfanne: »Wenn's ein Problem gibt, weißt du, wo du mich findest.«

Da waren mir die Bullen lieber. Jeden Freitag musste ich mich bei denen zwischen neun und fünfzehn Uhr melden. Kleine verqualmte Dienststelle zwischen Onkel-Emma-Laden und Tapetengeschäft, schräg gegenüber ein vergammeltes Kino. *Schulmädchenreport 8. Teil, 14. Woche.*

Obwohl ich immer vom selben Polizisten bedient wurde, bestand der darauf, dass ich jedesmal meinen Personalausweis auf den Tresen legte. Der Uniformierte arbeitete sich dann durch einen Karteikasten, fand früher oder später meine Karte, hakte meinen Namen ab. Fertig. Manchmal erwiderte *ich* sein Tschüs nicht, manchmal er meines nicht. Auf dem Fahndungsplakat mit den Gesichtern der RAF-Terroristen waren auch schon einige abgehakt, mit dickem schwarzen Filzstift.

»Herr Weber?«, flötete MT. »Besuch für Sie.«

Sie war ohne anzuklopfen ins Halbdunkel des Zimmers geschneit. An die ironische Betonung des Wortes *Herr* war ich gewöhnt, aber ihr langgezogenes Räuspern danach hörte sich an wie: ertappt! Ich hatte Sonjas Hand gehalten, sie vorsichtig gestreichelt. Einmal auch geküsst. Zweimal. Zuvor hatte ich lange gezögert, meine Hand immer wieder zurückgezogen. Ich hatte versucht, mich mit den Arabern und dem Öl aus der Nordsee abzulenken, mit Gedanken an Marion und charmante österreichische Skilehrer, die sie in die Kiste kriegen wollten. Hatte alles nichts geholfen. Jetzt versuchte ich, die Berührungen wie Pulsfühlen und Überprüfen der Kanüle im Handrücken aussehen zu lassen.

»Moment«, sagte ich, scheinbar in meine Arbeit vertieft. Ich griff nach dem Protokollblatt, trug Zahlen ein.

Goffart stand auf dem Flur. Er lächelte süßsauer.

»Sie spionieren mir nach?«, sagte ich und steckte beide Hände in die Taschen meines Kittels.

»Darf ich dich daran erinnern, dass gegen dich ein Strafverfahren läuft? Darf ich dich außerdem daran erinnern, dass es mein Job ist, dem Gericht und der Staatsanwaltschaft über dich, den Beschuldigten zu berichten? Dazu gehört, dass ich mir das soziale Umfeld anschaue.«

»Also doch spionieren«, sagte ich leise, weil MT an uns vorbeispazierte und keinen Hehl aus ihrer Neugier machte. »Horchen Sie hier die Leute aus?«

»Die Stationsschwester spricht in den höchsten Tönen von dir. Wenn ich das dem Gericht erzähle, kannst du mit Strafmilderung rechnen, dafür garantiere ich. Aber bitte, wenn das für dich Spionage ist.«

Goffart nahm seine John-Lennon-Brille ab, rieb sein linkes Auge. »Die Verhandlung ist für Mitte März angesetzt, habe ich heute Morgen erfahren. Ich biete dir meine Unterstützung an.«

»Hör auf, mich zu duzen«, sagte ich und ging zurück ins Krankenzimmer.

Diesmal gelang es Han nicht, mich in flagranti zu erwischen. Als sie ins Zimmer reinkam, war ich gerade dabei, Sonja mit der Ernährungsspritze zweihundert Milliliter lauwarmen Pfefferminztee einzuflößen.

Han starrte bemüht an mir vorbei und sagte: »Pause. Ablösung.«

Vor der Tür saß ein Mann in einer schwarzen Uniform, die Arme vor dem Oberkörper verschränkt.

»Hochschulwache«, sagte Barbara. »Wegen der Schmierfinken, die hier rumschleichen. Heute schon das Drecksblatt gelesen?«

Ich schüttelte den Kopf. Barbara schob mir eine aufgeschlagene *Bild* zu. *Horror-Unfall an Heiligabend. Junge Frau (19) gelähmt und für immer stumm.* Darunter Fotos des zerstörten Wagens und des HNO-Stationsflurs mit Weihnachtsbaum und Schiebetür zum OP. *Hier ringen die Ärzte um das Leben von Sonja A. Drogen im Spiel?*

Han kam schreiend ins Stationszimmer gelaufen. Sonja war aufgewacht und hatte sich alle Infusionsnadeln herausgerissen.

Während Leiß den Schaden reparierte, befahl er mir, die Vorhänge zu öffnen. Ende der Verdunklung. Ich schaffte frische Bettwäsche heran. Leiß redete nicht gerade freundlich auf Sonja ein, er drohte mit dem Festbinden der Hände, falls sich der Vorfall wiederholen sollte. Bevor er ging, schnauzte er auch mich an.

»In Zukunft besser aufpassen, Mensch!«

Aus dem Kumpeltyp Leiß war nach dem Adamski-Marsch, den der Professor ihm geblasen hatte, ein Feldwebel geworden.

Ich nahm die Bettdecke weg, um den blutverschmierten Bezug zu wechseln. Sonjas OP-Hemd, ebenfalls voller Blutflecken, war bis zum Bauchnabel hochgerutscht. Sonja hatte wie damals am Pool kurze schwarze Schamhaare, ein geometrisch exakt rasiertes Dreieck. Sie fuchtelte mit der rechten Hand, ihr Mund war weit aufgerissen, das Gesicht verzerrt. Ich deckte sie wieder zu, drückte auf den Alarmknopf. MT schien vor der Tür auf das Signal gewartet zu haben, denn es dauerte keine zwei Sekunden, und schon war sie da. Ich bat sie, Sonja zu waschen und ihr ein neues Hemd anzuziehen. MT sagte etwas in ihrem fränkischen Dialekt, das ich nicht verstand. Ich fragte nicht nach und verließ das Zimmer.

Sonja bewegte langsam ihren Kopf, drehte ihn auf dem Kissen. Ihr Blick blieb hier und da hängen. Harter, trockener Atem. Aus ihrer Halskanüle zischte und brodelte es. Ich schaltete den Absauger an, riss einen sterilen Schlauch aus der Verpackung. Sonja schnalzte mit der Zunge, ihr rechter Zeigefinger fuhr im Zickzack über die Bettdecke. Das verletzte Bein schaukelte in der Schlinge.

Ich setzte mich auf die Bettkante, hielt einen Schreibblock fest, während sie mit einem Bleistift holprige Buchstaben aufs Papier hackte. WELCHER TAG HEUTE?

»Du hast Weihnachten verpennt«, sagte ich und grinste.

Eine Träne glitzerte in ihrem rechten, unverbundenen Auge.

Als Sonja blinzelte, lief die Träne über ihre Wange.

»Warum hast du deine Haare abschneiden lassen?«

Sonja öffnete und schloss den Mund wie ein Fisch. Dann schloss sie ihn lange nicht mehr. Ein lautloser Schrei. Tadellose Zähne, aber die Zunge belegt. Ihr Auge abwechselnd weit aufgerissen und geschlitzt. Ich ging zum Waschbecken, wusch mir die Hände wie ein Chirurg, dabei summte ich die Melodie von *In-A-Gadda-Da-Vida*. Sonja schnippte mit den Fingern, zeigte auf den Schreibblock, den ich auf die Fensterbank gelegt hatte. Ich stellte mich dumm.

»Das Fenster öffnen? Nein? Die Vorhänge wieder zuziehen? Auch nicht? Das Wetter draußen? Stark bewölkt, nicht mehr so mild wie über Weihnachten. Hm, auch wieder falsch. Mist.«

Sonja schlug ein paarmal mit der Faust auf die Bettdecke. Sie regte sich so auf, dass ich wieder eine Menge Schleim aus dem Loch in ihrem Hals saugen musste. Weil sie nicht stillhalten wollte, sich sogar wehrte, zwang sie mich, ein bisschen grob zu werden.

Der Nebelmacher fauchte. Ich setzte mich auf den Stuhl neben dem Bett. Sonjas rechtes Auge tränte. Sie drehte ihren Kopf weg. Draußen lärmte ein Rettungswagen.

Ich schlug mir mit der flachen Hand gegen die Stirn.

»Jetzt weiß ich, was du meinst. Den sogenannten Röhm-Putsch, natürlich! Soll ich loslegen?«

Ein Arzt von der Orthopädie kam herein, klopfte gegen Sonjas Gips, sagte »Sehr schön«, und verschwand wieder. Ich gab das gewonnene Spiel auf und reichte ihr den Schreibblock.

WANN WIEDER SPRECHEN?

Sonja schien sich nicht zu wundern, dass ich ihr Gekritzel lesen konnte.

Barbara öffnete die Tür und winkte mich raus.

»Keine Sitzwache mehr nötig, sagt der Chef.«

»Die Patientin fragt, wann sie wieder sprechen kann,« sagte ich.

»Du hast doch nicht… «

»Nein.«

»Gut. Dann wird's Zeit für den psychologischen Dienst. Ich ruf da jetzt sofort an.«

Eine Frau im Pelz und mit einem Blumenstrauß in der Hand und ein Mann mit Kamelhaarmantel fragten nach Sonja.

»Sie sind die Eltern?«, fragte Barbara.

Die Frau verneinte. Bloß Tante und Onkel. Sonjas Mutter, erfuhren wir, war mit Wohnmobil und neuem Partner in Australien unterwegs, der Vater irgendwo in Amerika.

»Nicht irgendwo«, korrigierte der Mann missmutig seine Frau. »In San Diego im US-Bundesstaat Kalifornien. Direkt am Pazifik. Das haben wir aber alles schon der Polizei gesagt.«

Dann verschwanden sie in Zimmer 103.

»Kalifornien«, sagte der Türwächter, »da will ich unbedingt hin! Nach Los Angeles und San Francisco und New York… «

»Quatsch nicht, pass lieber auf, Kerl«, sagte Barbara und zog dem Mann die Dienstmütze über die Augen. Wir lachten.

Fluchtartig verließen die Verwandten Sonjas Zimmer. Kaum eine Minute war vergangen. Die Blumen waren sie auch nicht losgeworden.

»Sie war schon als kleines Kind schwierig«, sagte die Tante und griff sich an die Dauerwelle.

»Ziege«, knurrte der Onkel. »Immer schon! Ich weiß noch genau, wie sie mir an ihrem dritten Geburtstag heiße Hühnersuppe über die Hose… «

»Friedrich-Wilhelm!«, sagte die Frau und zerrte am Mantel ihres Mannes.

Ich ging Richtung Männerstation, um nachzusehen, ob sich Kafka mittlerweile in einen Käfer verwandelt hatte. Barbara rief mich zurück, berührte kurz meinen Arm und sagte: »Wollte ich dir schon lange sagen, Paul. Ich bin froh, dass wir dich haben.«

»Sagen Sie das mal meiner Mutter«, antwortete ich.

6

»Nein, nicht schon wieder,«, sagte Kirschfink, als ich am Samstagnachmittag auf seiner Matte stand. Ich reichte ihm eine Flasche Cognac im Geschenkkarton. Mit einer unwirschen Kopfbewegung gestattete mir der Taxifahrer den Zugang zu seiner Wohnung. Er trug einen dunkelblauen Trainingsanzug, obwohl Bauch und schlaffe Haltung verrieten, dass sportliche Betätigung nicht seine Stärke war.

Er winkte mich in die Küche, an einen Tisch, auf dem eine Bild-Zeitung lag. Daneben stand eine offene Dose mit Bratheringen. Das Kofferradio sang *Tränen lügen nicht*. Kirschfink aß, als sei er völlig unbeobachtet. Er schlang wie ein Krokodil, schlürfte die Brühe in sich rein, wischte sich mit der Hand über den Mund.

»Ich will nicht lange stören«, sagte ich beeindruckt.

»Wär ja auch noch schöner.« Kirschfink wuchtete sich hoch. Er stöberte in einem dunkelgrünen Schrank, fluchte. Mit einem Schulterzucken schob er mir ein Colaglas rüber, sich selbst gönnte er eine Teetasse. Dann zerstörte er den Geschenkkarton, goss ein. Wir tranken beim schwachen Licht einer 25-Watt-Glühbirne. Ich war Cognac nicht gewöhnt. Das Zeug brannte bis in die Zehenspitzen, tiefes Durchatmen war angesagt. Kirschfink goss unerbittlich nach.

»Tolles Weib, das du dir da an Land gezogen hast, muss ich schon sagen«, sagte er. »Schreit wie am Spieß, wenn du's ihr machst, was?«

»Eigentlich macht sie's mir,« sagte ich.

»Schwules Gesülze«, sagte der Taxifahrer und schlug mit der Faust auf den Tisch.

Die Stadtautobahn war nach den Feiertagen wieder voll in Betrieb. Wenn man sich anstrengte, war der Gesang im Radio gerade noch so zu verstehen.

Steig in das Boot heute Nacht, Anna Lena.

Eine dünne hässliche Katze kam aus dem Nebenzimmer, gähnte, streckte sich und miaute. Als sie damit fertig war, setzte sie sich in eine mit Streu gefüllte Waschschüssel und fing bald darauf an zu scharren.

»Wie heißt sie denn?«, fragte ich wohlerzogen.

»Das Vieh ist stocktaub«, antwortete Kirschfink. »Name lohnt sich da nicht.«

Ich grinste. Das Grinsen sollte mir schnell vergehen. Der Gestank, den die Katze verursacht hatte, war nicht auszuhalten. Ich hielt mir mein Glas dicht unter die Nase, atmete das Cognac-Aroma ein. Kirschfink unternahm nicht das geringste gegen die unerträgliche Schweinerei. Er musste seinen Geruchssinn verloren haben.

Ich kannte den Wachmann nicht, der jetzt breitbeinig vor der Tür von Zimmer 103 saß. Umgekehrt war es genauso.

»Ich arbeite hier«, sagte ich.

»Kann jeder sagen.«

Der Kerl erhob sich und versperrte mir den Weg. Schwester Inge, wegen der Teilung des Teams zwischen den Jahren zur Stationsschwester auf Zeit aufgestiegen, kam dazu und fragte streng: »Was soll das hier werden, Paul?«

»Hab ein paar Einkäufe für die Patientin erledigt«, sagte ich. »Ist dir langweilig zu Hause, oder was?«

Der Einkaufstrip war kein Vergnügen gewesen. Leute, die ihre Geschenke umtauschen oder geschenktes Geld ausgeben wollten, waren am Samstag nach Weihnachten in die Stadt eingefallen. Ich stand vor dem Problem *Damen-Nachthemd*. Man würde mich für einen Perversen halten. Meine Bitte, die Dinger für mich zu organisieren, war bei Schuppe auf taube Ohren gestoßen.

Die Wäscheabteilung des Kaufhofs war mir nicht fremd. Ich lungerte und irrte herum, bis ich eine Verkäuferin fand, die nicht wie eine Büstenhalter-Domina aussah.

»Ein Geschenk für meine Freundin«, sagte ich, um von Anfang an keine krummen Gedanken aufkommen zu lassen.

»Flitterwochen – oder gemütlich?«, fragte die Verkäuferin.

»Eher – gemütlich.«

»Also nicht transparent und so, richtig? Also nicht Richtung Negligé?«

»Weniger. Aber – schick schon.«

»In Achtunddreißig?«

Wie befürchtet: Fragen über Fragen. Verhörsituation. Nur in einem Buchladen konnte es noch schlimmer zugehen.

Ich kaufte zwei Nachthemden, eins in Mitternachtsblau, das andere in Lila, beide mit angedeuteter Wickeloptik, Flügelärmeln, Rollsaum und fünfzig Prozent Baumwolle, alles in Jersey-Qualität.

Der Mullverband über Sonjas linkem Auge und das große Pflaster auf ihrer Stirn waren weg. Die Wunde war mit mindestens zehn Stichen genäht worden, um sie herum alles grün und blau.

Ich hatte Deospray, Seife, Cremes, eine Haarbürste für Sonja gekauft, aber all das stand schon auf der Ablage neben dem Waschbecken. Auch Blumen hätte ich mir sparen können. Zum ersten Mal in meinem Leben machte ich die Erfahrung, dass es so was wie ein Blumenmeer tatsächlich gibt. Meine Rosen gingen da völlig unter.

Und das Gedöns im Kaufhof hätte auch nicht sein müssen. Sonja hatte kein OP-Hemd mehr an. Sie trug ein Nachthemd in Indigo. Modische Raffung am V-Ausschnitt, weich fallendes Material, wahrscheinlich weit oberhalb des Knies endend. Ich kannte mich inzwischen aus.

Erst jetzt sah ich, dass ihre Hände mit Lederriemen festgebunden waren. Ich löste die Fesseln, strich über die Abdrücke, die die Riemen hinterlassen hatten. Als jemand ins Zimmer trat, zuckte ich zusammen.

»Hier, Sonja-Mädchen, deine restlichen Sachen«, sagte eine Frau, die das Anklopfen noch lernen musste. Ich kannte die Alte, die zwei große Taschen in den Händen hielt. Es war die, die mich im Sommer aus dem Pool gescheucht hatte. Die mit den Kötern und der Taschenlampe.

Als ich nach Hause kam, glühte der Ofen in meinem Zimmer. Auf der Doppelkochplatte Würstchen und eine Frühlingssuppe aus der Tüte, der Tisch war gedeckt, auch unterhalb: da stand ein Kasten Bier.

»Können wir uns eine Haushaltshilfe überhaupt leisten?«, fragte ich.

»Nö, hab *ich* alles gemacht«, antwortete Schuppe stolz.

Nach dem Essen holte er den tragbaren Fernseher aus seinem kalten in mein warmes Zimmer. Das Schwarz-Weiß-Ding hatte ein knallgelbes Gehäuse und eine Zimmerantenne, mit der Schuppe wie mit einer Wünschelrute hantierte, bis das Bild nicht mehr wackelte. Das Dritte Programm brachte einen Live-Auftritt von Roxy Music vom vergangenen Jahr. Bryan Ferry, der Sänger, in schwarzer Glitzerjacke, die Haare mit Gel nach hinten gekämmt wie ein Rock 'n'Roller aus den Fünfzigern. Eno, für Blubbern und Fiepen zuständig, hatte schütteres Engelshaar und trug eine Federboa, der Saxophonist eine Hose mit Riesennoppen und Plateaustiefel wie Schuppe am Ersten Weihnachtstag. Außerdem gehörten zwei Langhaarige zur Band, die in der Fummel-Kiste wohl nichts Richtiges gefunden hatten. Der Saxophonist verbog sich wie ein Fragezeichen, Bryan Ferry hechtete über sein Keyboard. Nach der dritten Nummer war er anscheinend schon so durchgeschwitzt, dass er die Klamotten wechseln musste. Er sang *Do the strand* in weißem Oberkellner-Jackett, darunter ein schwarzes Hemd.

Es klopfte.

»Die Bullen!«, flüsterte Schuppe, sprang zum Fenster, riss es auf, blickte dann resignierend in die Tiefe. Aber er hatte Glück, es war nur der Taxifahrer, der vor der Tür stand. Der schwankte und sagte: »Eine Frage. Woher wusstest du, dass ich heute Geburtstag hab?«

»Wusste ich doch gar nicht«, antwortete ich.

»Und der Cognac?«

»Der war für neulich. Die Verfolgungsjagd. Österreich und so.«

»Klar«, sagte Kirschfink und fuhr sich mit einer Hand durchs Gesicht. »Hast'n Bier?«

Wir gingen in die Küche. Ich zog den Vorhang hinter uns zu. Kirschfink meckerte wegen der Temperatur des Biers (»Kaltgetränke nie warmstellen, oder seid ihr *doch* schwul?«), ließ sich aber trotzdem zu einem großen Schluck herab. Bevor ich einen etwas kleineren nahm, gratulierte ich ihm zum Geburtstag.

»Leck mich«, sagte der Taxifahrer. »Hasse diesen Tag!«

»Leiser!«, rief Schuppe aus meinem Zimmer, während Roxy Music *Editions of you* spielten. Ich bot dem Gast eine übrig gebliebene Knackwurst an, die wollte er aber nicht. Draußen bretterte eine Lkw-Kolonne vorbei. Ich fragte mich, ob Bryan Ferry inzwischen schon wieder seine Bühnengarderobe gewechselt hatte. Während der Taxifahrer mit abwesendem Blick seine Flasche leer trank, dachte ich darüber nach, dass der achtundzwanzigste Dezember kein guter Tag für Geburtstag war. Vor allem für ein Kind musste das ein enttäuschendes Datum sein. Weniger Geschenke zu Weihnachten, halbe Ration auch am Geburtstag. Trockene Kuchenreste von den Feiertagen, und richtige Stimmung kam auch nicht auf, weil allen die Feiertage zum Hals raus hingen.

»Mein Sohn ist nur acht Monate alt geworden«, sagte Kirschfink. »Plötzlicher Kindstod. Genau fünf Jahre ist das jetzt her.« Er schnippte eine Brotkrume vom Tisch.

»Meine Ex-Frau, zwei Freunde von mir und ich hatten ein bisschen gefeiert, nicht zu doll. War ja kein runder Geburtstag, außerdem mitten in der Woche, am nächsten Tag mussten alle arbeiten. Babyphone war an, trotzdem ist meine Frau so gegen halb zehn mal rübergegangen ins Kinderzimmer. Da hat der Junge schon nicht mehr geatmet.«

Der Taxifahrer putzte sich heftig die Nase, wischte über seine

Augen. Ich schob ihm eine neue Flasche Bier rüber, aber er beachtete sie nicht. Das Roxy-Konzert war zu Ende. Schuppe schaltete um, Spielfilmgeplapper.

»Fast gleichzeitig mit dem Notarzt kam die Kripo. Die sahen die leeren Flaschen. Während meine Frau eine Beruhigungsspritze kriegte, sagte ihr einer von den Bullen mitten ins Gesicht: ›Eine tolle Mutter sind Sie. Sich vollsaufen und das Kind dabei sterben lassen.‹«

Kirschfink legte den Kopf in den Nacken, weil seine Nase zu bluten angefangen hatte. Ich empfahl ihm, den Kopf nach vorn zu beugen und die Nasenflügel mit Daumen und Zeigefinger zusammenzupressen.

»Danke fürs Bier, Klugscheißer«, sagte er und ging.

7

Als ich am Montag nach dem freien Wochenende auf die Station kam, war der Wachdienst verschwunden. Ich schaute kurz in 103 vorbei. Eine Logopädin machte Atemübungen mit Sonja. Kaum war ich im Umkleideraum, klopfte es.

»Herr Weber? Sofort zur Stationsschwester!«, rief MT triumphierend.

Auf dem Weg dahin begegnete mir Leiß, der meinen Gruß nicht erwiderte.

Sonja hatte sich wieder Infusionsnadeln, Urinkatheter und Nasenschlauch rausreißen können, weil ich ihre Hände losgebunden hatte.

»Oder streitest du das ab?«, fragte die Stationsschwester.

Ich schüttelte den Kopf.

»Bist du wahnsinnig geworden? Sie hätte verbluten können! Wolltest du ihr beim Selbstmord helfen?«

»So schnell verblutet man nicht«, sagte Han, Pulsuhr und einen Becher mit Fiebermesser in den Händen. »Und Paul ist nicht wahnsinnig.«

»Was fällt dir denn ein!«, schrie Barbara. »Du dämliche Schülerin, du hast dein Maul zu halten, du Gartenzwerg!«

Dann war ich wieder an der Reihe.

»Leiß hat mit Köln telefoniert, mit diesem Dingsda…«

»Amt für die *Verweicherer*«, assistierte MT.

»Bundesamt für den Zivildienst«, sagte der eben eingetroffene Leiß, der in einer Krankenakte blätterte.

»Ja, genau. Der Doktor hat sich über dich beschwert. Außerdem überlegen wir, ob du nicht auf einer anderen Station besser aufgehoben wärst. Was hältst du von der Psychiatrie? Da kannst du wenigstens nicht viel kaputtmachen.«

Ich starrte an der Stationsschwester vorbei auf das Fenster, wo ein einzelner dicker Regentropfen eine Kriechspur hinterließ.

»Du betrittst 103 nur noch mit meiner ausdrücklichen Erlaubnis«, sagte Barbara. »Haben wir uns verstanden, Weber?«

Ich torkelte in den Umkleideraum, setzte mich an den kleinen Tisch. Die Tür ließ ich halboffen, damit ich das Alarmsignal hörte. Barbara und Leiß hatten ihren Aschenbecher wieder nicht saubergemacht. Ich wünschte mir, auch Raucher oder Trinker zu sein, dann hätte ich jetzt was gehabt, um meine zappeligen Hände zu beschäftigen. Da fiel mir die Post ein, die ich eingesteckt hatte, als ich gegen halb zwei aus dem Haus gegangen war. Marions Karte hatte ich schon gelesen. Das hielt mich aber nicht davon ab, sie weitere sieben Mal zu lesen. *Paul, I love you.*

Auf der Rückseite schneeweißer Schnee, himmelblauer Himmel. Die andere Post kam vom Amtsgericht Ahlen in Westfalen. Das Hauptverfahren war eröffnet, die Verhandlung wegen strafbaren Vergehens nach § 16 Abs. 1 WstG, 1, 105ff. für den 14. März 1975 vor dem Jugendschöffengericht angesetzt. In der beigelegten Anklageschrift der Staatsanwaltschaft Münster hieß es: *Die spätere Anerkennung des Angeschuldigten als Kriegsdienstverweigerer gab dem Angeschuldigten nicht die Berechtigung, der Einberufung zum Wehrdienst keine Folge zu leisten.*

Alarm. Bevor ich losrannte, steckte ich Karte und Brief in die Innentasche meines Mantels und schloss das Spind ab. Han war gerade dabei, den Weihnachtsbaum zu entschmücken.

»Danke für eben«, sagte ich zu ihr. Hans zaghaftes, sprödes Lächeln.

8

Das Signallicht flackerte über der Tür von Zimmer 105. Der Privatpatient war der Fabrikant Eugen Kessler. Mit leiser Stimme bestellte er eine Packung Ernte 23.

»Eigentlich«, sagte ich, »ist das kein Hotel hier.«

»Junger Mann, mein Jagdfreund Schöllendorff hat gesagt, ich solle mich hier ganz wie zu Hause fühlen.«

Kessler schien mich nicht wiederzuerkennen. Er griff in die Innentasche seiner Trachtenjacke, holte sein Portemonnaie hervor. Dann stutzte er, kratzte sich am Kinn.

»Ach, wissen Sie was? Bringen Sie mir auch eine *Montecristo Especiales Nr.1* mit. Fahren Sie zu Grevenstein am Dom. Da kann ich sicher sein, dass sie frisch aus dem Humidor kommt.«

»Ich hab kein Auto.«

»Mensch, dann nehmen Sie eben ein Taxi!«

Er gab mir einen Hundertmarkschein und entließ mich mit einer Handbewegung, mit der man Dienstboten scheucht. Ich überlegte, ihm das Geld vor die Füße zu werfen. Aber zwei Beschwerden beim Bundesamt an einem Tag wollte ich nicht riskieren.

Die Zigarrenmarke *Montecristo* war nach dem Abenteuerroman *Der Graf von Monte Christo* von Alexandre Dumas dem Älteren benannt, zwischen 1844 und 1846 als Fortsetzungsroman erschienen. Die Zigarren wurden im sozialistischen Kuba von Hand gerollt. Che Guevara hatte am liebsten die *Petit Corona Nr. 5* geraucht.

Nachdem ich die Zigaretten und die in eine Metallhülse verpackte Zigarre gekauft hatte, ging ich nicht sofort zurück zum Taxistand, sondern trank in einem Altstadtcafé einen Kaffee im Stehen. Lautes Lachen machte mich auf einen Tisch aufmerksam, an dem vier Personen saßen. Die Herren beim Cognac, die Damen nippten an Weingläsern. Einer der vier war Schöllendorff.

An meinem zweiten Tag auf der Station war er mir auf dem Flur zum ersten Mal begegnet, großer kahler Schädel, das Resthaar am Hinterkopf lang wie bei einem Maler oder Dirigenten. Ich grüßte, er schaute weg, weil ich anscheinend nicht von Bedeutung für ihn war. Kurz darauf winkte Assistenzarzt Leiß mich zu sich. Er war damals noch der Kumpeltyp.

»Ich soll Ihnen vom Herrn Professor ausrichten, dass er mit Titel gegrüßt werden möchte. Also kein Putzfrauen-Guten Morgen! Sondern: *Guten Morgen, Herr Professor!* Das gilt natürlich nicht nur für die Morgenstunden. So ab elf sagen Sie in Zukunft: *Guten Tag, Herr Professor!* Und ab achtzehn Uhr dreißig heißt es: *Guten Abend, Herr Professor!* So, Zivi Weber, nehmen Sie Haltung an! Wir üben das jetzt mal. Sprechen Sie mir nach…«

Seitdem spielte ich den ewig Erkälteten, wenn Schöllendorff mir begegnete. Nase putzen oder Husten hielten mich vom korrekten Grüßen ab. Oder ich trat wie jetzt den Rückzug an. Ich trank aus, zahlte und schlenderte zu den Taxis.

Kessler saß auf seinem Bett und weinte. Es schien ihn nicht zu stören, dass ich ihn so sah. Ich legte die Bestellung und das restliche Geld auf einen Tisch.

»Brauchen Sie sonst noch was?« fragte ich leise.

»Glück«, flüsterte Kessler und schniefte. »Morgen früh spiegelt Karl-Eduard meinen Kehlkopf. Wenn dabei herauskommt, was ich vermute, ist es mit dem Sprechen vorbei. Für viele Leute in meiner näheren Umgebung bestimmt keine schlechte Nachricht.«

Er lächelte kurz, wischte sich mit dem Unterarm über die Augen. »Wollte es eigentlich noch bis nach Silvester rauszögern. Noch mal so richtig einen draufmachen. Saufen, Nutten. Aber die Schmerzen…«

Es klopfte. Die Stationsschwester wollte mit einem Vanilleeis eintreten, das ein Sahnehäubchen für Privatpatienten zierte, aber Kessler winkte sie wie ein großer Diktator weg.

»Das einzige, was uns von den Tieren unterscheidet, ist die Sprache«, sagte er mit einem verliebten Blick auf die Zigaretten und die *Montechristo*. »Jeder Affe, jede verlauste Katze ist uns doch sonst überlegen.« Dann schwieg Kessler, als übe er schon mal für später. Auf der Fensterbank drei Blumenvasen, prall gefüllt mit Rosen.

»Was haben Sie denn für Symptome?«, fragte ich in die Stille hinein.

»Seit Wochen trockener Husten, Heiserkeit. Unerträgliche Schmerzen beim Schlucken. Fresse nur noch Tabletten.«

»Klingt nach Kehlkopfentzündung«, sagte ich. »Kein großes Ding.«

»Klingt nach Krebs. Großes Ding.«

Wieder diese Friedhofsstille.

»Wetten, dass nicht?«, hörte ich mich sagen. »Therapie: Mund halten, warme Halswickel, Kamillendampf statt Nikotin. Nach einer Woche ist alles überstanden.«

Kessler lächelte bitter und schluckte schwer. »Kriegst meinen Porsche, wenn du recht hast«, sagte er, plötzlich per Du mit mir. »Und wenn du verlierst … musst du tausendmal 17 und 4 mit mir spielen. An meinem Totenbett.«

Da waren wieder Tränen in seinen Augen.

»17 und 4?«

»Ich weiß, Schach würde natürlich mehr hermachen«, sagte Kessler und versuchte zu lachen. »Egal, Hand drauf unter Ehrenmännern, und die Wette gilt.«

Seine Hand fühlte sich kalt und feucht an. An der Wand über dem Bett hing ein falscher van Gogh. Ich verabschiedete mich.

»Moment noch. Wie wär's mit ein paar Spielchen auf die schnelle? Bloß zum Aufwärmen, reine Freundschaftsspiele.«

Kessler rieb seine Hände. Nachdem er sich eine Zigarette angezündet hatte, öffnete er einen schwarzen Lederkoffer, holte mit der Geste eines Zauberkünstlers ein Kartenspiel hervor. Wir setzten uns gegenüber an den Tisch.

Kessler wollte als erster die Bank übernehmen. Er teilte die Spielkarten in zwei annähernd gleiche Stapel. Gekonnt breitete er die Hälften in Form eines Fächers aus und schob sie ineinander. Ich erhielt zwei verdeckte Karten, er eine. Ich versuchte zu bluffen und lächelte meine nicht unbedingt vielversprechenden Siebener an. Kessler inhalierte tief, atmete harsch aus, alles ohne ein Anzeichen von Schmerzen, und klopfte die Zigarettenasche auf den Boden ab. Das Telefon läutete. Kessler räusperte sich vorsichtig, hob ab und legte ohne ein Wort wieder auf.

»Noch eine«, sagte ich.

Kessler warf mir eine dritte Karte zu. Er starrte mich mit grauen, zusammengekniffenen, fanatischen Augen an. Es war kalt im Zimmer, weil warme Heizungsluft Kesslers Hustenreiz verstärkt hätte. Hinter dem Fenster schwebten matt ein paar Schneeflocken. Ich warf meine Karten hin.

Kessler spitzte die Lippen, ein kurzer Pfiff. Die Anspannung fiel sichtbar von ihm ab, er klatschte in die Hände und wurde zum ersten Mal laut.

»Zweiundzwanzig! Tot! Du bist tot!«

Die Tür ging auf, eine hellblonde Frau in einem langen schwarzen Mantel und ein Junge mit bunter Zipfelmütze kamen herein. Ich erkannte ihn, es war Kesslers schüchterner Sohn. Die Frau riss dem Fabrikanten die Zigarette aus dem Mund, trat sie auf dem Fußboden aus. Die Zigarettenpackung und die edle *Montechristo* wurden ebenfalls Opfer ihrer schwarzen Reitstiefel. Der Junge klammerte sich an den Mantel seiner Mutter, schob seinen Unterkiefer vor, weinte aber nicht. Kessler blieb reglos und mit versonnenem Lächeln sitzen.

9

Am nächsten Tag war Silvester. Zu Beginn der Spätschicht sah ich nach Kessler, aber der war schon entlassen worden. Er hatte bloß eine Kehlkopfentzündung, wie von mir vorausgesagt. Schöllendorffs Laryngoskopie habe das zweifelsfrei ergeben, sagte Barbara.

»Ein Glück, dass wir den los sind. Privatpatienten liegen mir einfach nicht.«

Ich brachte einem langhaarigen Notfall, der seine vereiterten Mandeln losgeworden war, und seiner Freundin eine große Portion Vanilleeis. Sie waren die einzigen Gäste auf der Männerstation. Später zog ich Kesslers Bett ab, lüftete Kissen und Bettdecke, desinfizierte das Gestell.

Nachdem die Raucherin Barbara meinen Umkleideraum verlassen hatte, musste ich auch den lüften. Ich stellte die Heizung auf die höchste Stufe und las Marions zweiten Urlaubsgruß noch einmal. Sie nahm jetzt die Pille. Weil ihrer Freundin der Freund abhanden gekommen war, hatte Marion ihr drei Monatspackungen abgekauft. *Unserem Glück steht nichts mehr im Wege*, schrieb sie mit drei Ausrufezeichen.

Noch neun Stunden bis zu meiner Volljährigkeit. Und der von Sonja. Die Bundesregierung hatte im Sommer beschlossen, dass wir nicht mehr warten mussten, bis wir einundzwanzig waren.

Im Stationszimmer hing bereits der OP-Plan für den dritten Januar aus. Elf Männer-OPs, volles Programm. Han kontrollierte, ob die Medikamente im Arzneischrank noch in der richtigen alphabetischen Reihenfolge standen. Barbara spitzte einen Bleistift zu Tode, MT quasselte von dem Ball, zu dem sie und ihr Mann sofort nach Feierabend mit dem Taxi fahren würden. Ihre Abendrobe hatte sie dabei, verpackt in zwei große Taschen.

Ich fragte Barbara, ob der Privatpatient etwas für mich hinterlassen hätte. Autoschlüssel vielleicht und Papiere?

»Autoschlüssel?«, sagte sie und schaute mich an, als hätte ich nicht einen, sondern mehrere Sprünge in der Schüssel.

Eine halbe Stunde vor Ende der Schicht zog MT sich in einem leeren Krankenzimmer um. Das dunkelblaue, großzügig dekollletierte Kleid, das sie uns kokett präsentierte, stand ihr verdammt gut. Das galt auch für die schwarzen Strümpfe, die hochhackigen Schuhe und die Stola. Han und Barbara applaudierten, ich ließ mich zu einem wohlwollenden Nicken hinreißen. MT setzte sich, packte einen Kosmetikspiegel und ein großes Lederetui aus und begann sich zu schminken. Dabei beugte sie sich vor und entblößte noch etwas mehr von ihrem tollen Busen.

»Marie-Theres, du hast doch die Kanüle auf 103 gewechselt, oder?«, fragte Barbara plötzlich.

»Mein Gott, nein«, antwortete MT mit feuerroten Lippen und sprühte sich mit Parfüm ein.

»Han?«

»Kann ich nicht.«

»Dann bleibt ja wohl wieder mal alles an Paul hängen«, sagte Barbara.

Sonja, in Lila mit angedeuteter Wickeloptik, trank vorsichtig aus einer Schnabeltasse. Alle Schläuche waren weg, aber diesmal auf Anordnung des Professors. Nur das Gipsbein störte noch. Neben ihrem Bett stand ein Rollstuhl.

»Wie geht's?«

FANTASTISCH. ICH HATTE STUHL!

Ich zog die Kanüle aus dem Loch in ihrem Hals, ersetzte sie durch eine sterile neue. Sonja hustete. Ich warf meine Einmalhandschuhe in den Abfalleimer.

»Lust auf einen kleinen Ausritt?«, sagte ich und zeigte auf den Rollstuhl. Sonja winkte ab.

Ich sah auf die Uhr.

»In vier Stunden sind wir volljährig. Dann können wir machen, was wir wollen. Dann sind wir frei.«

MT stöckelte herein und sagte: »Auslandsgespräch, Herr Weber!«

Barbara hielt mir den Hörer hin.

»Hallo Paul«, rief Marion und lachte. »Ich hab's nicht mehr ausgehalten. Musste unbedingt deine Stimme hören. Hallo? Bist du noch da?«

»Ja.«

»Irgendwie musst du schon was sagen, damit ich deine Stimme hören kann.«

Im Hintergrund laute Musik, Lachen, Stimmengewirr.

»Nur noch vier Tage!«, rief Marion. »Ich freu mich so auf...«

Die Leitung war unterbrochen. Auch nachdem ich den Hörer aufgelegt hatte, schenkten mir Barbara, MT und Lernschwester Han ihre volle Aufmerksamkeit.

Nach Schichtende schnappte ich mir die Frauenzeitschrift, die MT liegen gelassen hatte und ging damit in Sonjas Zimmer. Ich fing an, ihr aus dem Heft vorzulesen. Anfangs sehr stockend, in der Mitte und am Ende eigentlich auch. Es ging um Voraussagen für das Modejahr 1975.

Folkloristische Motive würden ganz groß geschrieben werden. Zigeuner-Look, Anleihen beim japanischen Kimono, chinesische Stickereien auf Blusen, Polo-Hemden mit Gürtel wie in Rumänien. Daneben Overalls für schlanke Frauen, Kaftankleider für den Rest mit Bauchspeck oder Schwangerschaft. In der Männermode würde die verfluchte Schlaghose unangefochten bleiben.

Gegen halb zehn kam die Nachtschwester ins Zimmer. Sie schüttelte den Kopf und verschwand wieder. Irgendwann nahm ich Sonjas Hand, küsste sie. Sie wehrte sich nicht. Ich ließ die Hand nicht mehr los. Wenn mein Herz weiter so hämmerte, würde ich nicht viel vom neuen Jahr haben.

»Wusstest du«, sagte ich, »dass der Monarchfalter im Herbst fast viertausend Kilometer weit fliegt, um aus Kanada und den Nordstaaten der USA wegzukommen und in Mexiko zu überwintern? In der warmen Sierra Nevada. Wusstest du das?«

Sonja machte eine verneinende Handbewegung.

»Die Viecher fliegen über die Rocky Mountains. Die sind gar nicht blöd. Orientieren sich am Sonnenstand und nutzen auch das Erdmagnetfeld. Die Männchen sind übrigens kleiner als die Weibchen.«

FARBE?

»Hauptsächlich Orange. Dazu noch so schwarz-weißes Gezacke.«

Als nicht weit entfernt der bunte Silvesterkrach begann, waren wir plötzlich erwachsen. Sonja zog mich an sich, legte meine rechte Hand auf ihre Brust.

10

Kessler hatte den Neujahrstag nicht dazu genutzt, mir Autoschlüssel, Papiere und eine Empfehlung für eine zuverlässige Werkstatt zu überlassen. Schuppe hatte verkündet, den ersten Januar im Bett zu verbringen, um seine schwarzgelben Wände anzustarren. Er hatte sich Silvester im *Kitsch* in eine Studentin verknallt, die, wie er im Lauf der Nacht erfuhr, ihr Studium mit Prostitution finanzierte.

Am zweiten Januar, einem Donnerstag, war das Wartezimmer auf der Station schon lange vor acht Uhr morgens überfüllt. Viele Patienten und ihre Begleitung mussten auf dem Flur herumstehen, bis sie das Aufnahmeverfahren überstanden und ein Bett bekommen hatten. Ich war an diesem Morgen hauptsächlich als Fremdenführer zu den Toiletten, Kranken- und Untersuchungszimmern beschäftigt. Dabei fiel Trinkgeld an. Die Schlauen zahlten immer im Voraus, die weniger Schlauen erst am Tag der Entlassung. Die ganz Schlauen gaben gar nichts.

Gedränge auch im Stationszimmer. Fünf Schwestern, zwei Helferinnen und drei Schülerinnen sorgten ständig für Enge und erste Streitereien im neuen Jahr.

Nachdem ich beim Austeilen des Mittagessens geholfen hatte, verkündete Barbara Schöllendorffs Anweisung, Sonja auf die orthopädische Station zu verlegen. MT kicherte und sagte, wenn ich sie richtig verstand: »Da wird aber einer traurig sein.«

Sie schaute mir direkt in die Augen. Ihr Kittel straffte sich und betonte ihre Brüste.

Sonja strich sich ein paarmal aufgeregt übers Haar, bevor sie zum Schreibblock griff.

MEIN VATER KOMMT ÜBERMORGEN!!!

Ich heuchelte Freude über diese Nachricht, hoffte aber auf einen

Flugzeugabsturz. Nach Möglichkeit mit nur einem stark brustbehaarten Toten.

ER NIMMT MICH MIT! SUPER KLINIK IN CALIFORNIA!

Ich half Sonja in den Rollstuhl, packte sie in eine Wolldecke ein. Sie hielt ihr Schreibzeug fest, eine dicke Krankenakte und einen hellbraunen Umschlag mit Röntgenbildern. Das Blumenmeer und die Kleidung würde ich später nachliefern.

Wir fuhren mit dem Aufzug zur dritten Etage hoch. Der Stationspfleger der Orthopädie wies uns den Weg in ein Vierbettzimmer. Drei Betten waren belegt. Es roch nach Apfelsinenschalen und verwelkenden Blumen.

11

Am nächsten Tag wachte ich mit verspanntem Nacken und schweren, gereizten Knochen auf. Ich wusste anfangs nicht, welcher Tag es war. Und ob es später Abend oder früher Morgen war. Ich wusste nur, dass die Stadtautobahn noch da war.

Meine Zähne hatten einen pelzigen Belag. Im Zimmer roch es nach verbranntem Holz. Der Gedanke an das kalte Wasser, das mir in der Badewanne bevorstand, tat mir weh bis in die Hoden. Ich schaltete das Radio ein. Die Les Humphries Singers hatten schon morgens um sechs gute Laune.

Nach dem Bettenmachen taumelte ich in den Umkleideraum, schwankte von links nach rechts, hatte das Gefühl, mich übergeben zu müssen. Ich klammerte mich an eine Stuhllehne, wiegte mich hin und her. Meine Arme und Beine waren zittrig und ohne Kraft. Ich kühlte mein Gesicht mit meinen kalten Händen. Barbara kam rein, wie immer ohne anzuklopfen, um eine zu rauchen. Außerdem hatte sie zwei grünliche Tabletten und eine schwarzbraune Aktenmappe dabei.

»Entweder gehst du jetzt sofort nach Hause«, sagte sie und inhalierte tief, »oder du nimmst die Pillen hier. Die sind eigentlich für Elefantenkühe mit übermäßig starken Geburtswehen.«

Ich wankte zum Waschbecken, ließ Wasser laufen, schluckte das Gift.

»Und das hier«, sagte sie und legte die Mappe auf den Rauchertisch, »hat eben jemand für dich abgegeben. Ein richtig lecker Kerlchen, Mannomann, hätte der Zwillingsbruder vom Gunther Sachs sein können. Was du für Leute kennst!«

»Was hat er gesagt?«, fragte ich.

»Er hat gesagt, du wüsstest schon.«

Während der Frühstückspause lief ich im Klinikgelände herum. Das Elefanten-Kokain wirkte. Es schneite leicht. Ich musste nicht lange suchen. Die rote Karre war nicht zu übersehen. Ich holte den Schlüsselbund mit Wagen- und Reserveschlüsseln aus der Mappe. Alle passten, aber ich konnte es nicht glauben. Bevor ich einstieg, machte ich meine Schuhe mit Papiertaschentüchern sauber. Im GT 911 roch es nach Rasierwasser und Nikotin. Aber der Kilometerstand war erst um die 50000. So gut wie neu. Sportsitze, Stereo-Radio. Auf dem Beifahrersitz lagen Handschuhe aus dünnem weißen Leder. Ich zog die Dinger an, auch die passten. Mein Herz kriegte sich nicht ein, als ich das Lenkrad umfasste und mein rechter Fuß das Gaspedal berührte. Amsterdam. London. Oder zur Hölle.

12

Weil der Porsche keine Nummernschilder hatte und ich beim Straßenverkehrsamt keinen Führerschein vorzeigen konnte, bat ich Schuppe, sich um die Sache zu kümmern. Als es dunkel wurde, übernahm er Beschaffung und Montage. Ich stand Schmiere. Beim kleinsten Geräusch oder Lichtschein rief ich: »Achtung!«

»So kann ich nicht arbeiten«, sagte Schuppe. »Setz dich in den Schlitten und lern schon mal dein Nummernschild auswendig. K – PD 52.«

»25«, sagte ich. »Und ein Kölner Kennzeichen, keins von hier?«

»Hab nicht so drauf geachtet in der Eile. Aber gib zu, war doch'n Geniestreich von mir! So 'ne Kapitalistenkarosse und dann vorn und hinten Reklame für die Kommunistische Partei.«

Schuppe zog genüsslich an seiner Selbstgedrehten.

»Stimmt«, sagte ich. »Und hätte ja auch noch viel schlimmer kommen können. Zum Beispiel Mönchengladbach.«

»Dann hätte die Karre nur noch Schrottwert gehabt«, antwortete Schuppe ernst.

Als er fertig war, durfte er sich ein Fahrtziel wünschen. Anfangs bockte, brummelte, brüllte und vibrierte der Wagen, doch das gab sich, nachdem er warmgelaufen war. Kessler hatte mir, wie ich jetzt sah, einen vollen Tank überlassen.

Für Schuppe verlief die Jungfernfahrt enttäuschend. Auf dem Autostrich war wenig los und es gab nichts zu sehen. Wegen des Kälteeinbruchs zeigten die Frauen nur ihre Lackstiefel und falschen Pelze. Und Schuppes Studentin fanden wir auch nicht.

»Was machst du jetzt mit der Karre?«, fragte er. »Verkaufen?«

»Weiß nicht«, antwortete ich. »Vielleicht bring ich sie zurück. Eigentlich kann man so was nicht annehmen.«

»Bist du bescheuert? Der Typ ist Millionär. Ausbeuter der Arbeiterklasse! War außerdem seine Idee mit der Wette, und er hat verloren.«

»Stimmt«, antwortete ich nach einer kurzen Pause. »Lothar Rau, du hast recht.«

13

Am vierten Januar, dem Samstag, an dem Sonjas Vater aus den USA und Marion aus Österreich ankommen würden, lief ich die Treppen hoch zur Orthopädie, weil alle Aufzüge feststeckten. Ich war schnell außer Atem. Mir wurde schwindlig und ein spitzer Schmerz wanderte von meiner Stirn zum Hinterkopf. Zweimal fiel ich beinahe hin. Ich hielt mich am Treppengeländer fest, zog mich von Stufe zu Stufe hoch. Wenn mir jemand entgegenkam, ließ ich los, blieb wie in Gedanken stehen und unterdrückte mein Keuchen. Barbara hatte sich geweigert, mir noch zwei Elefanten-Pillen zu geben.

Sonja trainierte auf dem Stationsflur das Gehen mit Krücken. Sie war angezogen und geschminkt wie für eine Hollywood-Party. Himbeerrote, schräg aufgesetzte Baskenmütze. Die Kanüle im Hals war hinter einem bunten Schal verschwunden, das blaugrüngelbe Auge hinter einer großen Jackie-Onassis-Sonnenbrille.

»Logopädische Therapiemaßnahme außerhalb«, sagte ich. »Ich bring dich hin. Keine Sorge, dauert nicht lange. Wenn dein Daddy kommt, sind wir längst zurück.«

Sonja nickte. Ich schnappte mir einen Rollstuhl, dirigierte sie vorsichtig rein.

Wir hatten Glück, diesmal kam der Aufzug sofort.

»Hallo?«, rief eine Schwester. »Was wird *das* denn?«

»Im Leben musst du immer auf dem Sprung sein«, rief ich zurück.

Außer uns gab es noch einen Passagier. Ich hätte ihn fast nicht erkannt in seinem dunklen Wintermantel und mit dem eleganten Filzhut.

»Was machst du denn hier?«

»Meine Frau. Krebs.«

»Scheiße.«

»Kannst du laut sagen.«

Erdgeschoss.

Die Tür ging auf.

»Dann mach's mal gut«, sagte ich.

»Du auch«, sagte Kroll.

Sonja fröstelte. Sie lächelte mich verwundert an, ungläubig, als ich die Beifahrertür des Porsche öffnete. Das Lächeln wich schnell einem ernsten, nervösen Ausdruck. Man sah ihr an, dass es sie Überwindung kostete, wieder in ein Auto einzusteigen. Da waren bestimmt Bilder von dem Unfall in ihrem Kopf. Aber sie wehrte sich nicht, als ich ihr in den Beifahrersitz half. Den Rollstuhl ließen wir einfach stehen.

WOHIN?, schrieb Sonja kurz vor der Autobahn auf das beschlagene Seitenfenster.

Im Radio sang jemand *Du fängst den Wind niemals ein.*

Wetten? Ich schaltete vom vierten in den fünften Gang hoch und drückte das Gaspedal bis zum Anschlag durch.

LESEN SIE WEITER:

Mukoma wa Ngugi
BLACK STAR NAIROBI
192 Seiten, gebunden mit Schutzumschlag
ISBN 978-3-88747-314-3. Auch als ebook

Mukoma wa Ngugi
NAIROBI HEAT
176 Seiten, gebunden mit Schutzumschlag
ISBN 978-3-88747-303-7. Auch als ebook

Abasse Ndione
DIE PIROGE
128 Seiten, gebunden mit Schutzumschlag
ISBN 978-3-88747-306-8. Auch als ebook

Satu Taskinen
DER PERFEKTE SCHWEINSBRATEN
240 Seiten, gebunden mit Schutzumschlag
ISBN 978-3-88747-283-2. Auch als ebook

Bernardo Kucinski
K. oder DIE VERSCHWUNDENE TOCHTER
144 Seiten, gebunden mit Schutzumschlag
ISBN 978-3-88747-288-7. Auch als ebook